KB251059

# 그 가을, 너와 걷던 길

홍기자 소설

이름을 부르지 않아도,
손을 잡지 않아도,
그 가을,
서로의 곁에 있었다.

케이션 커유니찜

이름을 부르지 않아도,
손을 잡지 않아도,
그 가을,
서로의 곁에 있었다.

레코드

레코드판매

제고

단팥빵
꽈배기
케커
이유찜
섯니
카스테라
팥도넛

그 가을, 그녀와 걷던 길

홍기자 소설

레코드

제과

단팥빵    꽈배기    케

팥도넛    카스테라    식

케 커
이 유 찜
션 니

# 목차

# 책을 열며

1984년 여름.

열다섯 살 소녀는, 파란색 낡은 용달차 짐칸에 실린 알록달록 보따리들과 함께 어머니 그리고 언니와 함께 새 삶의 문턱을 넘어 성큼 들어갔다.

가난보다 더 깊은 책임의 무게, 치매에 걸린 외할머니, 늘 혼자 모든 걸 감당하는 어머니. 소녀는 담담하게, 그러나 분명한 의식 속에서 자라난다.

그리고 새로운 동네의 컨테이너 교회에서 만난 '운경'.

잘생겼지만 수줍음 많은 형사 아들의 눈빛이, 소녀의 세상을 조용히 흔든다. 고백 한마디 없이 서로를 느끼고, 부끄럽게 웃으며 걷던 가을 밤길, 그리고 말보다 진한 떨림이 쌓여간다.

하지만 사랑은 때로 말없이 끝나기도 한다. 고등학교 3학년 겨울, 인사조차 없이 먼 곳으로 이사한 인하. 운경과의 이별은 그렇게 '아무 말도, 내색도 없이' 찾아왔다.

그 시절의 설렘은, 각자의 삶을 끌고 가는 한 줄기 그리움이 되었다.

그리고 몇 년 뒤,

명동 거리에서 꿈처럼 마주친 군복 입은 운경, 그러나 그보다 더 깊은 충격이 기다리고 있다. 경찰서에서 범죄자로 다시 만난 운경의 얼굴엔 상처와 분노만이 남아 있다.

하지만 사랑은 잊히지 않았다. 다만, 삶이 너무 먼 길을 돌아왔을 뿐……

소설을 쓴 이 홍기자

# 그 가을, 너와 걷던 길

# CHAPTER 1

# 알록달록 보따리와
# 시작된 여름,
# 그리고 연탄가스 중독

“이야~ 저 차 진짜 오랜만에 보네!”

“어, 어, 그러네? 저거, 저거 용달차!”

“반갑네, 진짜 반가워. 와, 번호판 봐라! 30년은 몰았겠는데? 그런데 아직 저거를 타는 사람도 대단하네!”

인하가 상체를 들어 두 남자를 봤다. 건널목 앞에 아주머니가 함께 서 있는데 그 아주머니가 목줄을 잡은 골든 리트리버의 머리를 조심스레 쓰다듬는 중이었다.

방송국 앞 건널목이고, 인하는 이달의 마지막 취재를 마친 참이었다. 물론 아주머니의 허락을 받은 후에 골든 리트리버의 귀여운 머리를 쓰다듬은 것이다.

“강아지 너무 예뻐요.”

“네, 아우, 고마워요. 우리 아이가 사람을 너무 좋아해요.”

강아지에게 마음을 뺏긴 인하지만, 두 남자의 목소리는 유독 신났다. 그들 중 하얀 바람막이 점퍼를 입은 남자가 검지로 가리키는 쪽을 이끌리듯 쳐다봤다.

‘어? 저 차는…’

파란색 용달차. 파란색 용달차다! 1톤 용달차, 카고 트럭이라고 하는 그 용달차 말이다! 파란색이라고, 파란색…….

인하와 정하는 파란색 용달차 뒤 짐칸에 등을 기대고 무릎을 세워 앉았는데, 용달차 뒤편에 나란히 오는 세단 두 대의 운전자와 자꾸만 눈이 마주쳤다. 하얀색 세단의 운전자는 인하 어머니와 비슷한 연령대인 것 같은 여성인데, 미간을 일관되게 죽 찡그리고는 인하를 노려봤다. 미간에 파인 세로줄 세 개는 깊이 팼다.

용달차 기사가 아주 크게 틀어 놓은 팝송이 거리의 소음과 섞여서 계속 들렸다. ‘프로콜 하럼’의 ‘A Whiter Shade of Pale’이 흐른다. 인하는 그 유명한 ‘매튜 피셔’의 키보드 도입부에 이은 ‘게리 브루커’의 노래를 따라 불렀다. 왜 그런지는 모르겠지만, 마치 헤드폰을 쓴 것처럼 선명하게 들렸다.

노래를 듣고 있자니, 도대체 중년 여성이 왜 노려보는지 모르 겠지만, 인하는 저절로 솟는 무안함에 얼굴이 벌게져서, 시선을 피하듯 왼쪽으로 고개를 돌려 한강을 바라보았다. 다행히 그 옆 검은색 세단의 중년 남성 운전자는 용달차의 화물칸과 짐보따리 를 보느라 인하와 정하한테는 관심이 없는 것 같다.

한강은 잔잔한 물결과는 다르게 뒤로 쑥쑥 물러났다. 조수석에 앉은 인하 어머니의 단정한 숏 컷 뒤통수가 좌우로 살짝씩 흔들 리는 게 조수석 뒤 창문을 통해서 보였다.

검은색 세단의 운전자인 중년 남성이 관심을 가지는 것 같은 용달차 화물칸에는 작은 가구 하나가 없다. 대신 노란색 보자기, 붉은색 보자기, 초록색과 하얀색이 지그재그로 섞인 보자기 등 총천연색의 보자기에 묶인 짐보따리들이 옹기종기 있는데, 족히 이십 개는 되어 보였다.

신기하게도 같은 색깔의 보따리는 한 개도 없다. 일부러 다른 색깔로 하려고 해도 어려울 정도로 그렇게 다양한 색깔일 수 없 다.

인하와 정하는 보따리를 싸면서도 신기했다. "아니, 우리 집에 보자기가 이렇게 많았나? 어쩜 색깔도 다 달라!"

“이사 갈 때마다 짐 싼 보자기를 엄마가 다 모아 놓았나 봐 언니.”

“그런 모양이네. 어, 이건 지난번에 떡 상자 쌌던 보자기네? 엄마가 교인들한테 선물한 떡.”

“맞다! 그때 남은 보자기네!”

인하와 정하는 구 연합 성가 경연대회에서 중창으로 은메달을 받았는데, 인하 어머니가 감사 떡을 교인들한테 돌렸다.

치매 걸린 외할머니를 모셔달라는 조건으로 인하의 어머니는 형제들에게 13평 아파트를 받았다. 본인들이 모시기는 싫은데 누구에겐가 ‘역할은 한껏 생색내면서 책임은 지워야’ 하니 그게 바로 인하 어머니였다.

‘열 자식은 한 부모가 돌봐도 열 자식은 한 부모를 돌보지 못한다.’, ‘효심 있는 자식은 하늘이 내린다.’라는 옛말도 있는데, 인하의 외할머니는 독립군의 유복녀로서 너무나 똑똑하고 훌륭한 분이셨다. 하지만 치매가 걸리니 누구랄 것도 없이 귀찮아하며 모시는 걸 거부했다.

옛말에 있는 ‘하늘이 내린 자식은 즉, 인하의 어머니’였다.

하지만 인하 어머니는 치매 걸린 외할머니를 모시기가 사실상 어려운 상황이었다. 남편 없이 홀로 딸 둘을 키워야 했고, 집안의 가장이어서 일하느라 늘 바빴다. 그리고 결정적으로 인하 어머니도 환자였다. 아프지 않은 데가 없었다.

그러나 무엇보다 어이없던 건, '받은 아파트'라고 한 13평 아파트의 명의는 막내 삼촌이고, 인하 어머니는 아파트에 관한 권한이 전혀 없었다. 그러니까 치매에 걸린 외할머니가 돌아가시면 인하네는 아파트에서 계속 살 수 있을지 아니면 나가야 할지 알 수 없다는 거였다.

뭔가 이상하다는 느낌은 있지만, 외할머니를 안전하게 모시는 게 가장 중요하다는 어머니의 뜻으로 이사 가는 것이다.

낡고 초라한 파란색 용달차 짐칸은 자꾸만 덜컹거렸다. 알록달록 보따리 수십 개가 좁은 공간에 가득했고, 인하와 정하는 보따리 더미에 등을 기대고 앉아 있다. 정하는 인하의 언니다.

변변한 지붕도 없이 개방된 용달차 화물칸에는, 7월 말의 뜨거운 햇볕이 하늘에서 속절없이 쏟아지고, 땅에서는 열기가 솟구쳤다. 하지만 지옥과도 같던 독산동의 어둡고 우울한 단칸방에서 탈출한 기쁨은, 인정사정없는 햇빛과 열기를 족히 용서하고도 남을 만했다.

인하는 조용히 눈을 감았다. 오늘 새벽 독산동 단칸방을 떠나기 전, 벽에 남은 짙은 연탄 냄새가 아직도 코끝에 맴돌았다. 정하가 연탄가스를 마시고 병원 응급실에 갔던 그날도, 방 안에 이런 냄새가 메케하게 배어 있었다.

정하는 방문 틈 쪽으로 얼굴을 대고 자지 말라는 어머니의 말을 듣지 않았다. 연탄을 갈고 얼마 되지 않은 시간대는 특히 조심해야 했다. 정하는 사춘기가 일찍 왔는지 사사건건 반항하고 말을 듣지 않아 어머니는 마음고생이 심했다.

원래부터도 어머니와 정하는 성향이 맞지 않아 항상 갈등이 심했다. 정하는 성격이 드센 편이어서 어머니는 늘 버거워했고, 가뜩이나 많이 아파 더욱더 힘들어했다.

어떤 동네든지 연탄가스 중독사고가 많았기 때문에, 아침에 일어나면 문을 열어 환기하는 것이 집집마다의 일상이다. 마당 한

편에는 연탄창고라고 부르는 좁은 공간이 있는데, 누구 집 연탄 몇 개라고 쓰진 않았지만 훔쳐 가는 일은 없었다. 조금씩 공간을 두고 연탄을 쌓아서 각자 알아서 가져가곤 했다.

그렇게 어머니 말을 듣지 않고 잔 정하는 아침이 되었는데도 일어나질 않았다. 교회에 가야 하는 일요일 아침이었다. 정하는 원래 밤 아홉 시면 정확하게 자고 누가 깨우지 않아도 새벽 여섯 시면 역시 정확하게 일어나 알아서 학교 갈 준비를 했다. 교회 가는 일요일에도 어김없이 똑같은 시간에 일어나는 데 미동조차 없다.

어머니는 일어나지 않는 정하가 이상해서 가까이 다가가 어깨를 흔들었다. 정하는 그래도 일어나지 않았다. 당황한 어머니는 정하의 어깨를 다시 세게 흔들었지만, 정하는 어머니가 흔드는 모양대로 마치 뼈가 없는 사람처럼 출렁거리며 이리저리 흔들렸다. 숨도 안 쉬는 것 같다.

"정하야! 정하야! 엄마야! 정하야!"

안색이 하얗게 질린 어머니는 양쪽 손으로 정하의 양쪽 뺨을 잡고 가만히 들여다보다가 코에 검지와 중지를 모아 대 보았다. 정하의 숨이 거의 느껴지지 않았고, 안색은 희다 못해 파랗게 질린 것 같다.

놀란 어머니가 정하를 끙끙대고 일으켜 세웠다. 가뜩이나 체중이 많이 나가는 정하는 몸이 축 늘어져서 일으켜 세우기가 힘들었다. 그런데 어머니는 입술을 한번 꽉 깨물더니 끙 소리를 내며 정하의 상체를 일으켜 세웠고, 인하와 함께 그대로 방문 쪽까지 끌고 가서는 벽 쪽에 정하를 기대어 놓고 신발을 신었다.

어머니는 두 번의 실패를 거친 후 정하를 업고 다리를 크게 부들거린 후 일어났고 그렇게 첫 번째 한 걸음을 떼더니 곧바로 뛰기 시작했다. 어머니의 체중은 45킬로인데 정하는 62킬로다. 정하는 몸이 늘어졌으니 훨씬 무거울 텐데 어머니는 기적처럼 뛰었다. 눈으로 보고도 믿을 수 없었다. 괴력이었다.

"인하야! 엄마 병원 다녀올 테니까, 집에 있어. 문 꼭 잠그고!!"

인하는 어머니, 정하와 셋이 산다. "문틈에 얼굴을 대고, 코를 대고 자지 마라."는 어머니 말을 듣지 않고 잔 청개구리 정하는 연탄가스를 마셨다. 고통스러운 끙 소리와 함께 일어난 45킬로그램의 작고 마른 어머니는, 62킬로그램의 정하를 업고 그렇게 병원에 뛰어갔다. 마치 초능력자를 보는 듯했다. 아니, 초능력자임이 분명했다.

아프지 않은 데가 없이 연약하게 마른 어머니가 업고 뛸 수 있는 만만한 체격의 정하가 아니었다. "인하야, 집에 있어. 엄마 다녀올게!"라는 어머니의 떨리는 목소리가 메아리 울리듯 계속 들리는 것 같다. 인하는 어둡고 우울한 단칸방에서 양쪽 무릎을 끌어안고 동그랗게 앉아 있다.

얼마나 지났을까? 며칠이 지난 것처럼 공기가 슬프고 공허했다. 전등을 켜지 않아 캄캄한 방의 라디오에서는 '스콜피온스(Scorpions)'의 'Holiday'가 흘러나왔다. 마치 깊은 동굴로 끝도 없이 밀려서 들어가는 느낌이었다.

병원 응급실에서 응급 치료를 한 정하가 아주 많은 양의 대변을 본 후 기적적으로 깨어났다는 소식을 듣고 나서야 인하는 작게 한숨을 쉬며 무릎을 꽉 안고 있던 팔을 풀었다.

"아니, 저기, 느 언니가 똥을 이따-만큼 싸고서는 딱 깨어났단다! 어이구, 참말로 큰일 날 뻔했지!"

인하의 방 오른쪽 옆 방에 혼자 사는 할머니는, 미간을 잔뜩 모아 심각한 세모눈을 하고 양팔을 최대한으로 한껏 벌려 쫙 펼치고는, 동그라미를 크게 그리면서 '똥'을 연신 강조하며 뭐가 그리 재밌는지 깔깔깔 웃었다.

눈을 봐서는 정말 걱정되었다는 것 같은데, 소란스러운 팔동작과 깔깔깔 웃는 걸로 봐서는 정하의 소생보다는 정하의 엄청난 똥의 양에 관심 있는 건지 알 수 없었다.

하지만 이유야 어찌 되었든, 소식을 알려준 할머니가 진심으로 고마웠다. 할머니는 버스정류장 앞에서 채소 노점상을 하는데 잠깐 틈을 내어 일부러 들른 거니까 말이다.

그 가을, 너와 걷던 길

# CHAPTER 2

# 열두 가구가 한 집에

아침 6시 30분이다. 늦었다.

8시 20분까지 등교하려면 좀 더 일찍 일어나야 하는데 조금 늦었다. 집에서부터 버스정류장까지 걸어가고 버스를 두 번 갈아탄 후 내려서 학교까지 걸어가는 시간을 합하면 총 1시간 30분은 걸린다.

6시 50분에는 집에서 나와야 하는데 6시 30분에 일어났으니, 지각이 틀림없다. 연탄 냄새가 방 안 저 끝까지 완전히 스며들 때 인하는 눈을 떴다. 지긋지긋한 연탄 냄새. 이불 끝을 살며시 들고 천천히 일어나자 어둡고 눅눅한 방 허공의 찬바람이 목덜미를 섬뜩하게 스쳤다.

어머니는 살림을 못 해서 당연히 아침밥을 먹고 등교한 적은 거의 없다. 오히려 정하가 요리해서 어머니의 아침밥을 준비하는 격 이었다. 인하는 설거지를 하거나 집 청소와 정리를 했다.

하지만 어제 아침 정하가 연탄가스를 마시고 병원 응급실에 가는 바람에 집안이 어수선하니 늦게 일어난 것이다. 정하는 살아

났지만, 하루는 병원에서 차도를 봐야 한다고 하여 아직 병원에 있다.

45kg의 몸으로 62kg의 정하를 업고 달린 초능력자 어머니는 아직 잠들어 있다. 모성애가 무척 강한 어머니는 인하를 혼자 둘 수가 없어 늦은 저녁에 집으로 왔다. 고비를 넘긴 정하는 병원에 안전하게 있으니까.

고단함을 잔뜩 안은 어머니의 야윈 등에 충격과 긴장이 여전히 드리워져 있다. 인하가 덮었던 이불을 끌어당겨 어머니의 이불 위로 한 겹 더 덮어 줬다.

4월 초순이라 아직은 아침, 저녁으로 쌀쌀하다.

밥공기 세 개, 찌개 한 그릇, 반찬 두 가지 정도의 세 사람 식사 분이 오밀조밀 차려지면 꽉 찰 동그란 양은 밥상에, 어머니의 아침 식사를 챙긴 인하는 어머니가 깰까 봐 조용조용 까치발로 집을 나왔다. 어머니는 조금 있다가 병원에 가서 정하를 퇴원시킨 후 돌보고 내일은 출근해야 할 것이다.

버스정류장까지는 빠른 걸음으로 7분 거리. 시멘트로 만든 네모난 쓰레기통이 각 집 대문 옆 벽에 죽 붙어 있는 좁은 골목을 지나고, 저 멀리 공장 굴뚝이 보인 후에 마침내 그 굴뚝이 엄지손

톱만 하게 보일 때면 버스정류장이다.

손에 든 국화빵을 허겁지겁 먹으면서 공장에 출근하는 사람들 사이를 비집고 걸어간 인하는, 버스정류장 노점에 앉아 있는 오른쪽 옆 방 할머니한테 공손하게 인사했다. 말이 거창하지만, 바닥에 비닐 돗자리를 깔고 채소를 늘려 놓고 파는 말 그대로 노점이다.

"문 닫고 오라~이!!"

사실 열 번에 아홉 번은 버스 안내양의 외침처럼 완전하게 닫은 문이 아니다. 버스 안내양은 반쯤 열린 문 옆으로 아슬아슬하게 매달려서는 우르르 떨어질 것 같은 승객들을 배로 밀며 "오라-이!"를 외쳤다.

인하는 버스를 탈 때마다 혹시라도 버스 안내양이 떨어질까 봐 불안했지만, 한 번도 떨어진 적은 없다. 자그마한 체격의 버스 안내양은 볼 때마다 존경스럽다. 정말이다.

버스를 두 번 갈아 타고 내린 후 10여 분을 걸어서 교문 앞에 서자마자 예비종이 울렸다. 인하는 마음이 급해져서는 복도 끝 교실로 빠르게 걸었다.

월요일 오전 수업은 유난히 따분했다. 창가 자리여서, 바람에 살짝 흔들리는 베이지색 커튼 사이로 하늘을 바라보았다. 구름이 별로 보이지 않는 맑은 하늘이다.

도시락을 미처 싸 오지 못한 날은 학교 앞 분식집의 어묵 국물을 떠올리며 물만 마셨다. 짝꿍이 도시락을 같이 먹자고 했지만, 친구 혼자 먹기에도 적은 양이다. 아까 등교할 때 사둔 과자 한 봉지가 오늘 점심이다.

인하는 방과 후에 친구들과 놀거나 어디를 가지 않고 곧장 집으로 향했다. 하지만 가족보다 친구가 우선인 정하는 종종 친구들과 시간을 보내고 저녁밥 먹을 때가 되어서야 집에 오곤 했다.

집에 와서 저녁밥을 먹고 설거지까지 끝내니, TV 프로그램 <가요톱10> 시간이다. 김수철의 '못다 핀 꽃 한 송이'가 오늘도 역시 1위다. 대단한 기세로 보아 앞으로도 한참 1위를 할 것 같은데, 정수라의 '아 대한민국'이 5주 연속 1위를 했으니 한번 두고 볼 일이다.

자기 전에 인하는 연습장에 오늘 배운 수학 공식을 적었다. 그러다가 눈꺼풀이 무거워지면, 한쪽 벽에 기대어 잠시 눈을 감았다. 좁은 방 한 칸이지만 각자 융통성 있게 자리를 잡고 누운 어머니와 정하 중에서 정하는 이미 잠들었다.

밤 아홉 시만 되면 문지방에 앉아 있어도 잠드는 정하를 보면 어머니와 인하는 정말 신기했다. 왜냐하면 어머니는 오래된 불면증으로 편히 잠들기가 어려워서 그랬고, 인하는 어머니가 잠에 못 들면 같이 잘 못 자기 때문이다.

항상 많이 아프고 고생만 하는 어머니를 지켜준다고 할까? 인하는 어려서부터 그랬다. 어머니를 보호하는 딸이었다.

인하는 원목 색상의 책상 의자에 앉아 라디오를 켰다. 지난번 '별이 빛나는 밤에'에 신청곡 엽서를 보냈는데 아무래도 뽑히지 않는 것 같다. TV보다는 라디오를 좋아하는 인하는 음악과 함께 산다고 해도 과언이 아니다.

원래는 팝송 프로그램을 주로 듣지만, 대중가요와 팝송을 함께 들려주는 프로그램도 종종 듣는다. 라디오를 켜자 '배따라기'의 '그댄 봄비를 무척 좋아하나요'가 흘러나온다. 턱에 손을 괴고 라디오의 선물을 듣자니 하루가 그렇게, 힘겹지만, 조용히 흘러가고 있다.

인하의 집은 공동 주택이다. 대문 밑에 주먹 두 개만 한 돌을 고여 항상 열려 있는 짙은 초록색 대문을 지나, 가장 오른쪽 짙은 갈색 바탕의 유리문을 열면 방 하나와 부엌이 붙어 있는 인하의 집 아니, 방이 있다.

1층에 여섯 가구, 지하에 여섯 가구 총 열두 가구가 산다. 마당 양쪽에는 언제 심었는지 알 수 없는 나무가 두 그루 있는데 수분이 완전히 빠져서 바짝 말라 있다. 가뜩이나 황폐한 느낌의 공동 주택인데 그 나무 때문에 더욱더 스산했다.

말라 빠졌지만, 그래도 튼튼하게 서 있는 나무 두 개에 주황색 빨랫줄을 이어 걸었고, 가정마다 별 구분 없이 빨래를 널곤 했다. 1층과 지하에 사는 가정의 어린아이들은 마당에서 자치기, 고무줄놀이 등을 하며 신나게 놀다가, 각자의 어머니들이 "저녁 먹어라!"라고 소리치면 각자 물건을 챙겨 서둘러 뛰어 들어갔다.

총 열두 가구가 함께 쓰는 공용 화장실이 딱 한 개 있는데, 한 번 가려면 언제 순서가 돌아올지 영 알 수 없어 볼일을 참는 일이

허다했다. 수도도 공용수도 한 개와 펌프 한 개가 있는데, 사람들이 별로 안 쓰는 시간대에 들통에 수돗물을 받아서 부엌에 들여놓곤 했다.

화장실과 물을 쓰는 기본적인 생활조차 불편하고 고생스러웠는데, 열두 가구의 사람들은 누구나 할 것 없이 그러려니 하고 지냈다. 주로 근처의 공장에 다니는 노동자들이 많았고, 집마다 엄청나게 절약하는 생활을 했는데, 인하네도 마찬가지였다.

인하가 사는 방은 대문을 통과해서 오른쪽 첫 번째에 있고 1층이다. 연탄아궁이와 1구짜리 풍로, 아궁이 저쪽 옆 벽 모퉁이에 얹어 놓은 작고 짙은 갈색의 2칸짜리 찬장이 있는 부엌에, 방은 신발을 벗고 한 칸 올라가야 있다.

방 크기는 대략 5평 정도인데, 방 한편에 노란색과 보라색 그리고 파란색이 어지럽게 섞인, 성인 남성 키 높이의 비키니 옷장이 있고, 비키니 옷장 옆에는 아주 작은 TV 하나가 있다.

어두운 노란색의 비닐 장판은 닳고 해져서 울퉁불퉁한 시멘트 바닥이 눈으로도 선명하게 보였다. 방이 좁아 이불과 요를 놓을 공간이 부족해서 낮에는 개어 벽에 세워 놓고, 밤에는 펼쳐서 자곤 했다.

창문은 부엌에 한 개, 방에 한 개 있다. 하지만 창도 창틀도 낡아서 틈으로 찬 바람이 꽤 들어왔다. 그 창문 밑쪽에 다른 가구와는 색깔 자체가 다른 원목 색상의 깔끔한 책장과 책장에 붙은 일체형 책상과 의자가 있다. 책상으로 쓸 때는 죽 잡아당겨서 쓰고 다 쓰면 안쪽으로 밀어 넣었다.

어려운 생활이었지만, 인하 어머니는 인하와 정하의 안정된 공부를 위해 그렇게 특별한 가구 한 개 정도씩을 비싸지만, 꼭 들여놓곤 했다. 책상과 의자 때문에 방이 더욱 좁아지긴 했지만, 초라한 방에서 예쁜 색상의 책상의 공간만큼은 뭔가 멀쩡하게 사는 집 같은 느낌이 들어 참 좋았다.

인하는 아버지가 있었다. 왜 과거형이냐 하면 현재는 없기 때문이다.

남자는 사랑하는 여자에게 아낌없이 돈을 쓴다고 한다는데, 하물며 아내와 두 딸아이한테라면 더하지 않겠는가? 그런데 인하의 아버지는 어머니와 연애 기간에도 돈을 안 썼지만 결혼해서도 생활비 한 푼 주지 않았다. 연애 기간에 돈을 전혀 안 썼다는 말은 아주 나중에야 어머니한테 들었다.

인하는 아버지 때문에 원래 세상의 모든 아버지가 그런 줄 알았다. 그리고 어머니들이 당연히 밖에서 일을 하고 생계를 책임지는 줄 알았다. 돈을 안 줄 뿐만 아니라, 늘 화를 내고 공격적이었다.

한국에서 첫 번째로 좋은 대학을 졸업했지만, 어떤 일이든 반년을 넘기지 못하고 싫증 내면서 관두는 아버지는 집에 있는 시간과 들어오는 시간이 항상 불규칙했는데, 오히려 아버지가 없는 집이 평화로웠다.

역시 명문 대학 사회학과를 졸업한 어머니는 공무원을 하다가 일찍 퇴직하고 과외선생님으로 일했다. 아버지가 어머니한테 기대어 자꾸만 사업 자금 대출받게 하고는 은행에 제때 갚지 못하는 일이 반복되면서 어머니가 직장에서 일하기 어려운 상황이 되었기 때문이다.

프리랜서로 일해야 대출받기가 좀 힘들어져서 어머니는 자의 반, 타의 반 공무원을 관뒀는데 과외 선생님을 시작한 지 불과 몇 달 만에 생각지도 않았던 일이 일어났다. 아버지가 떠난 것이다.

아버지가 아내와 두 딸을 놔두고 홀연히 다른 여자한테 떠났을 때, 인하는 비로소 알았다. '아버지는 대부분의 아버지와 같은 아버지가 아니라고.'.

인하가 일곱 살 되던 해였고, 초등학교 1학년에 입학한 3월이었다. 인하는 생일이 빨라 일곱 살 때 초등학교에 입학했는데, 정하와는 한 학년 차이였다. 그렇게 어린 나이에 아버지에 대해 어떻게 그런 냉철한 결론을 내릴 수 있었는지 사실 인하도 알 수 없다.

아버지가 있어도 생활이 어려웠기 때문에 아버지가 떠났다 한들 크게 달라진 것도 없지만 어쨌든 어머니는 아무런 잘못도 준비도 없이 갑자기, 두 딸을 홀로 키우는 여자가 되었다. 자세히는 모르겠지만, 어찌어찌 마무리되었다.

미련하다고 할 정도로 참을성이 많고 이런저런 표현을 잘 하지 않는 어머니는 아버지가 갑작스레 떠나 충격이 컸을 텐데도 인하와 정하 앞에서 크게 울거나, 화를 내거나, 슬퍼하지 않았다. 무서울 정도로 침착하고 동요하지 않았다.

누가 알려주지 않아도 '이상한 아버지'라는 걸 깨달은 인하지만, 어머니의 반응은 잘 이해가 되지 않았다. 하지만 말도 통하지 않을 어린 두 딸 앞에서 감정을 엄청나게 꾹꾹 눌러서는 결코 꺼내지 못한 어머니는, 이미 몸과 마음이 깊이 병들어 가고 있다는 걸 오랜 시간이 지나서야 알게 되었다.

# CHAPTER 3

# 학교 수련회 대 스타!

1톤 용달차는 오래된 이불처럼 삐걱대며 골목을 돌았다. 덜컹, 소리 날 때마다 보따리들이 서로 부딪혀 다양한 모양으로 찌그러진 후 비슷한 모양으로 다시 펴졌다. 용달차가 신호에 멈춰 있을 때 누군가가 "보따리 색깔 진짜 다양하구만! 저게 다 어디서 났대?" 하고 웃었지만, 인하는 무심하게 조용히 기억을 되짚고 있다.

독산동의 어두운 단칸방. 연탄가스 냄새, 그날 새벽 어머니의 차갑고도 불안한 숨소리…….

정하는 죽을뻔했다가 살아났고, 그날 이후 그나마 있던 세 모녀의 작은 웃음소리는 어지러운 연탄재 속에 묻혔다. 그리고 지금 세 명은 용달차 조수석에, 또 짐칸에 타고, 새로운 곳으로 떠나는 중이다.

"엄마, 언제 도착해?" 정하가 물었다.

엄마는 앞좌석에서 짧게 대답했다. "금방이야."

그 목소리는 언제나처럼 지쳐 있었지만, 반대로 어떤 어려움이든 포기한 적이 절대 없는 목소리다. 슬픔의 바다에 속절없이 빠

지게도 했다가 막 숨이 끊어지기 전에 심폐 소생술 하듯 끌어내
어 간신히 숨을 쉬게도 하면서, 가난과 끝날 길 없는 어려움은 그
렇게 사람을 말없이, 집요하게 단련시켰다.

"다 왔대."

정하가 인하를 향해 크고 분명하게 말했다. 생각에 잠겨 있다
가 눈을 뜬 인하는 정하를 봤다. 정하의 얼굴이 강렬한 햇빛에 반
쯤 잠겨 있다. 성향이 반대여서 잘 맞지 않아 늘 투닥거리는 둘이
지만, 아무리 생각해도 정하가 살아난 건 정말 기적이었다. 감사
하고 또 감사하다.

어머니와 인하, 정하는 새로운 곳에서, 치매 걸린 외할머니와
함께하는 삶을 이제 시작하기 직전이다.

1984년 7월 말을 향해 가고 있다. 널찍한 도로지만, 유난히 눈
에 띄는 파란색 작은 용달차에서 바라보는 거리는 벅차게 싱그럽

다. 새로 지은 5층짜리 연립형 아파트와 10층 정도 되는 고층 아파트가 단지 별로 열을 잘 맞춰 서 있고, 연한 핑크와 회색으로 잘 정돈된 보도블록, 일정한 간격으로 생동감 있게 심은 가로수는 아무리 봐도 질리지 않았다.

아파트 단지 안에 있는 예쁜 놀이터에는 아이들의 웃음소리가 가득했고, 놀이터 바깥쪽에 심은 화단에는 노란색, 붉은색, 보라색 꽃이 서로 뽐내듯 화려한 조화를 이뤘다.

경기도 과천은 나라에서 집중적으로 개발한, 서울과 가까운 신도시이다. 과천 정부 종합 청사와 관악산, 서울대공원이 근처에 자리 잡으면서, 정비가 잘 된 깨끗한 주거지로 인기가 많다.

과천에는 서울에서 이사 온 중산층 가정이 대부분이라는데 그래서 그런지 사람들의 움직임도, 공기마저도 뭔가 여유로웠다. 정확도가 얼마인지는 모르겠지만, 주민의 다수가 4년제 대학 졸업자라는 통계가 있는 그런 곳이다.

인하와 정하는 며칠 전에 여름방학을 시작했는데, 인하는 내일 당장 학교 수련회를 떠나야 했다. 학교 총학생회 임원과 각 특별 활동 부서의 임원들이 함께 가는 수련회이고 인하는 RCY 전교 단장이다.

　RCY는 대한적십자사인데, 인하는 중학교 2학년 때 학년 단장을 했고, 중학교 3학년이 되어서는 전교 단장이 되었다. RCY 담당 선생님들의 압도적인 추천과 학생들의 득표율 78%를 획득하여 뽑힌 '인기 있는 단장'이다.

　최고 인기 만화책인 '캔디 캔디'에서 캔디를 좋아하는 남자 캐릭터가 많다. 꿈속 멋진 얼음 왕자님 같은 너무 멋진 테리우스, 엉뚱한 과학자 같은 성격 좋은 스테아, 분위기가 고상하면서 매력적인 아치, 장미 정원의 따뜻한 왕자님 안소니까지.

　인하는 그중에서 안소니라고 불리며 여학생들한테 인기가 참 많았다. 안소니라고 불리게 된 데는 이유가 있다. 인하가 중학교 2학년 학교 체육대회 때 '가장무도회' 순서가 있었고 그때 '안소니'로 분장했는데 마침, '숏컷 스타일에 미소년 같았던' 인하는 분장과 완전히 찰떡이었다. 굳이 여학생이라고 말하지 않으면 남학생이라고 착각할 정도였으니까!

　중학교를 졸업할 때까지 인하는 줄곧 인기가 많았는데 특히 밸런타인데이(2월 14일)가 되면, 책상 서랍에 여학생들이 몰래 넣어 놓은 편지와 초콜릿이 가득했다. 등교, 하교 시간에도 소곤대며 뒤를 따라오는 여학생들이 항상 있어서 낯가리는 인하는 사실 힘든

나날이었다.

인하가 수련회를 떠나는 날 아침, 어머니는 버스정류장까지 인하를 따라오며 자꾸 가방을 들어준다고 했다. 원래 학교에 메고 가는, 검정 바탕에 붉은색 로고가 있는 아디다스 가방은 무척 무거웠다.

"아니, 오늘은 책도 없는데 왜 이렇게 무거워?"

어머니는 인하의 오른쪽 어깨에서 가방끈을 내리려고 했다. 인하는 내려간 끈을 어깨로 다시 올려 메면서 어머니 얼굴을 보고 씩 웃었다.

"엄마, 안 무거워. 평소보다 뭐, 완전 가볍다고. 흐흐흐."

"아유, 뭐가 가벼워? 네가 이렇게 무겁게 메고 다니니까 키가 더 안 크는 거야."

"엄마, 아빠가 별로 안 커서 그런 건 아니고?"

"뭘 그래~애~ 너도 평균 키는 좀 넘잖아."

"그러니까, 안 무겁다고. 괜찮아, 엄마."

그러더니 어머니 손에서 종이 가방을 빼서 들었다. 어머니가 친구들과 먹으라고 넣어 준 달콤한 크림빵 열 개가 든 종이 가방이다.

어머니가 인하 팔을 잡고 투닥투닥 실랑이하는 모습이 예쁘고 행복하다. 아파트에서 나와 양쪽으로 깔끔하게 정리되어 이어진 화단을 지나, 한 턱을 내려가 작은 건널목을 건너서 넓은 보도블록으로 나왔다. 버스정류장으로 걸어가는 길은 여름의 초록 싱그러움이 넘실댔다.

뜨겁게 쏟아지는 햇빛과 열기는 초록색 싱그러움이 모두 넉넉하게 끌어안아 더욱더 싱그러운 내음을 풍겼다. 눈에 보이는 것은 죄다 초록이고 코로 맡아지는 내음은 흙냄새 담긴 숲의 향기 그것이다.

귀에는 여러 소리가 하나하나 꼼꼼하게 들렸다. 다양한 소리지만, 어둡거나 혼란스럽지 않고 밝게, 편안하게 나눠서 들리는 게 놀라웠다. 버스정류장에 도착한 인하는 오른쪽 손바닥으로 눈가리개를 해서 하늘을 올려다봤다.

구름 한 점 없이, 티 한 점 없이 완벽한 맑은 하늘색이다. 오른쪽 어깨에는 아디다스 가방을 메고, 왼쪽 엄지를 제외한 손가락 네 개에는 종이 가방을 걸친 채 그 손으로 어머니 어깨를 감싸안았다. 작고 여윈 어머니의 어깨.

두 대의 버스가 지나가고 인하가 탈 버스가 저쪽 신호등에 서 있다. 인하는 어머니의 여윈 어깨를 한번 살짝 잡은 뒤 손을 뗐다. 그리고선 어머니의 곱고 하얀 옆얼굴을 한참 바라봤다.

"엄마, 그 순희 언니는 내일 온다고 했나?"

"응, 내일 저녁때쯤 잠깐 들른대. 아마 그리고선 바로 들어올 거야."

"그럼, 언니랑 밥 잘 챙겨 먹고 약도 잘 챙겨 먹고 있어. 나 내일 저녁때면 오니까."

"그래, 너도 가서 잘 먹고 즐겁게 있다가 와, 인하야."

"걱정하지 말고. 어~ 저기 버스 온다!"

신호등에 서 있던 버스가 점점 다가왔다. 학교까지 가려면 지하철도 한 번 갈아 타야 하고 족히 두 시간은 넘게 가야 한다. 독산동에서도 학교까지 멀었는데 과천에서는 더욱 멀어졌다. 하지만 인하는, 개학하면 늘 다녀야 하는 길이니, 워밍 업 한다는 마음이다.

버스가 도착하고 인하는 어머니를 한번 본 후 씩 웃고 첫 번째 계단을 올랐다. 어머니는 갑자기 일곱 살 인하가 겹쳐 보였다. 엄마가 메고 있는 가방을 달라고 해서 조그만 자기 어깨에 메고 어머니 손을 딱 잡고서는, "엄마! 가자!"라고 하던 어린 인하 말이다.

정하는 울먹이면서 뒤를 따라왔다. 어제 집안 사정으로 너무 늦게 잤는데 원래처럼 자야 하는 시간보다 부족하게 자서 속상해 울먹인 것이다. 인하는 그런 정하를 뒤돌아보면서 "그만 울어!"라고 단호하게 말하면서 어머니 손을 다시 한번 꽉 잡았다. 어머니는 버스에 올라타는 인하의 뒷모습을 보면서 일곱 살 인하가 왜 떠올랐는지 모르겠지만, 눈앞이 뿌옇게 되는 것 같아 눈을 크게 떴다.

버스가 출발하자 인하는 버스 손잡이를 잡고 멀어져가는 어머니를 봤다. 오도카니 서서 손을 흔드는 어머니 모습이 점점 멀어졌다. 어머니 모습이 보이지 않을 때까지 고개를 돌려 보는데 인하가 선 자리 앞에 앉은 할머니가 인하의 가방끈을 흔들었다.

"학생! 가방 이리 줘. 내가 들게!"

인하는 흠칫 놀라 할머니를 봤고, 할머니는 "아이, 이리 줘."라고 하면서 인하 가방을 잡아당겨서는 무릎에 올려놓았다. 인하는 "감사합니다!"라고 꾸벅 인사했다.

주위를 둘러보니 앉아 있는 승객은 학생들 가방을 대부분 다 들어 주고 있다. 여름방학인데도 학생들이 많아서 그런지 사람보다 가방이 많은 것 같다.

버스 창밖으로 가로수가 마치 달리기하듯 휙휙 지나가는데, 버스 기사가 틀어 놓은 라디오 프로그램에서 '밥 웰치'(Bob Welch)의 'Ebony Eyes'가 흘렀다.

익숙한 멜로디지만 오늘은 유독 새로웠다. 마치 지금 인하의 마음처럼 뭔가 씩씩한 기대를 하게 하는, 아무튼 한마디로 표현할 수 없는 그런 기분 좋게 떨리는 느낌을 줬다.

버스 기사는 고개를 살짝씩 흔들면서 박자를 맞췄는데, 아주 요령 있게 박자를 맞추면서도 부드럽게 운전하는 걸 보니 팝송 마니아인 것 같다. 앞으로 이 버스를 매일 탈 텐데 팝송을 좋아하는 버스 기사라니 인하는 솔직히 반갑다. 이왕이면 다른 버스 기사보다 지금 버스 기사를 매일 만났으면 좋겠다.

임원 수련회로 온 이곳은 경기도 광주다. 학교에 모여서 전세버스를 타고 왔는데, 전교 임원, 학급 임원, 특별활동 부서 임원

등 구십 명과 열두 명의 선생님이 강당에 한 명도 빠짐없이 모였다. 사정상 못 온 임원들도 꽤 있다.

수련원에 도착하자마자 각자 짐을 풀고 수련원 전체를 둘러본 후 오후 교육프로그램을 끝내고 저녁 식사를 했다. 바로 그 저녁 식사가 끝난 후 이어진 저녁 프로그램은 '임원 장기 자랑 시간'이다.

총학생회 임원, 학급 임원들이 차례로 발표하고, 특별활동 부서 임원들의 시간이다. MRA에 이어 RCY 순서다. MRA 부단장은 한국 무용을 하고, MRA 단장은 피아노 연주를 했는데 공주님 같은 두 사람 모습에 선생님들도 계속 웃고 학생들도 "우와, 너무 예쁘다, 진짜!"라며 감탄했다.

인하와 같은 3학년인 MRA 단장은 어디서 그런 하늘하늘한 분홍색 공주님 드레스를 구했는지 거의 백설 공주급이다. 곱게 화장도 했는데 발그스름한 뺨을 하고 피아노를 치니 곧 일곱 난쟁이가 "공주님!!"하면서 달려올 정도로 예뻤다.

RCY 부서 자리에 앉아 입을 벌리고 공연을 보던 인하는 "인하야! 너 나가야지! 야, 정인하!"라는 친구의 독촉을 받고서야 입을 다물고 어정쩡하게 일어나서는 느릿느릿 무대로 걸어갔다. 사실 무대랄 것도 없다.

수련원 소강당 칠판을 세워 놓은 앞 공간이 무대다. 10년은 족히 넘은 듯한 검은색 낡은 피아노 한 대와 피아노 의자에 세워 놓은 통기타 그리고, 은회색 스탠드 마이크가 공연 장비다.

통기타는 아마도 3학년 학생 주임 선생님 기타인 것 같다. 겉으로는 늘 화난 얼굴로 "인석들! 정신 딱 차려라!"라면서 엄포를 놓지만, 감성적이고 정 많은 선생님이다.

인하는 조용히 기타를 들어 기타 끈을 어깨에 멨다. 지퍼가 있는 파란색 운동복 윗옷과 같은 색 운동복 바지를 입은 인하는 더운지, 윗옷 손목을 위로 죽 올렸다. 그러더니 집중하는 학생들을 보면서 낯을 가리며 어색한 미소를 지었다.

하늘하늘 잠자리 날개와도 같은 공주님 드레스 및 절도 있는 하얀색 멋진 태권도복, 한국 무용 공연의 아름다운 한복 등 빵빵한 의상과 확실하게 비교되지만, 인하는 크게 신경 쓰진 않았다.

헛하고 헛기침을 한번 한 인하는 피크로 기타 줄 1번부터 6번까지 '드르륵' 한번 훑었다. 그러더니 이내 기타를 치면서 노래를 불렀다. '비틀스'의 '예스터데이'다. 소강당 안이 순식간에 고요해졌다.

손목을 걷어 올린 파란 운동복을 입고 기타를 치며 '예스터데이'를 부르는 인하는 너무 멋졌다. 의자에 앉아 있던 학생들은 누구랄 것도 없이 일어나서 옆 사람의 손을 잡고 몸을 왼쪽, 오른쪽으로 흔들며 '예스터데이'를 따라 불렀다.

인하의 멋진 연주와 노래 '예스터데이'가 끝나자, 학생들은 환호성을 질렀다.

"와~~!!"

"인하야~~!!"

"어머머, 인하 너무 멋져!!"

그러더니 동시에 외쳤다.

"앵콜! 앵콜! 앵콜!"

잠자리 날개 드레스를 입은 공주님들이 웃기게도 입에 손가락을 넣어 휘파람을 휙 불었다. 정말 재미있는 모습 아닌가? 드레스 입은 공주님들이 휙 부는 휘파람이라니! 어쨌든 선생님과 학생들이 한마음으로 외치는 '앵콜' 소리가 소강당을 꽉 채웠다.

자리로 들어가다가 흠칫 멈춘 인하는 뺨이 벌게져서는 다시 스탠드 마이크 앞으로 가서 기타 끈을 어깨에 둘렀다. 앵콜곡을, 뭐를 불러야 할지 잠시 고민했다. 인하의 기타 연주와 중간음의 목소리가 소강당에 다시 스며들자, 소강당 안은 마치 작은 공연장이 된 것처럼 감동이 밀려왔다.

하늘하늘한 분홍색의 백설 공주 드레스를 입은 MRA 단장이 어느샌가 나와서 피아노 의자에 앉아 피아노를 쳤다. 평소 친해도 공연 호흡을 맞춰 본 적은 없지만, 인하의 기타 연주와 MRA 단장의 피아노 연주는 너무 아름다웠다. '국풍 81'에서 금상을 탄 이용의 '바람 이려오'의 후렴구에서는 학생과 선생님들 모두 합창했다.

"멀리서 멀리서~ 밝아오는 아침이~!!"

통기타의 주인인 3학년 학생 주임 선생님은 뭉클했다. '인석들, 지금, 이 순간을 꼭 기억해라, 진짜다…지금은 미처 모르겠지만, 훗날 너무 그리울 테니까.'

그랬다. 학생 주임 선생님은 지금, 이 순간이, 이 공기가, 이 마음이 학생들 모두에게 평생 잊지 못할 추억의 한 페이지가 될 것이라고 확신했다. 선생님도 겪은 찬란한 학창 시절처럼 말이다.

장기 자랑이 끝난 늦은 밤. 수련원 마당 바닥에 옹기종기 모여 있는 학생들 뒤로 "인석들아! 늦게 자면 혼난다~~아!"라는 학년 주임 선생님의 쩌렁쩌렁한 목소리가 들렸다. 새끼 새가 앙증맞은 부리를 쫙 벌려 지저귀듯, 학생들은 동시에 "네에!!"하고 합창했다.

　학년 주임 선생님 등 뒤로 양호 선생님의 얼굴이 쑥 나오더니, 엄지손가락을 척 내밀었다. 많은 인원이 외부에서 함께 있으니 혹시라도 아프거나 사고가 발생할 경우를 대비해 동행하는, 천사와도 같은 양호 선생님이다. 학생들은 양호 선생님께도 답하듯 엄지손가락을 척 내밀고 눈을 커다랗게 떴다.

　수련원 밖 마당의 주황색 빨랫줄에는 학생들이 세탁하고 널은 겉옷들이 단정하게 줄지어 바람에 흔들리고, 등나무 중간에는 "오늘도 <안정 수련원>에서 행복하세요!"라는 나무 팻말이 걸려 있다.

　서예반 선생님이 만들어 주신 모닥불은 타닥타닥 노랗게 타오르고, 모닥불을 중심으로 바닥에 둥글게 앉은 열다섯 명 정도의 학생들은 하나같이 즐거운 표정이다. 기타를 들고 와서 털썩 앉은 인하는 연주를 하고 학생들은 감성에 잔뜩 빠져 노래를 불렀다.

　"자아! 가요톱텐 5주 연속 1위에 빛났던 바로 그 노래!"

　"아, 그렇죠! 우리가 중학교 1학년 때죠. 4월과 5월까지, 아마도?"

"네네, 그렇습니다. 생생하네요! 전주부터 왕 멋있죠?"

학생들은 인하의 박진감 있는 기타 연주, 송골매의 '어쩌다 마주친 그대'를 부르면서 벌떡 일어나 록 밴드의 기타 연주 모습을 흉내 내고, '가요톱텐'의 촬영감독처럼 촬영 흉내를 내면서 수련원 마당이 들썩거렸다.

아직 백설 공주 드레스를 입고 있는 MRA 단장은 부리나케 방으로 달려 들어가서 엄청 커다란 카세트 라디오를 들고나왔다. 그러더니 옆 친구의 팔을 마이크처럼 잡고 DJ 흉내를 냈다.

"정인하 씨가 너~어~무 좋아하는 조용필! 국악과 대중가요를 접목한 그 엄청난 세련됨! 자·존·심! 고고! 앗, 정인하 씨 뭐 할 말 있으신가요?"

백설 공주 드레스가 이번에는 인하 팔을 마이크로 삼고 인터뷰를 했다. 인하는 크게 웃으면서 한마디했다.

"저기, 자존심 들으실 때 기타 사운드를 잘 들어주시길 바라요. 제가 정말 좋아하는 박청귀 기타리스트의 박진감 넘치는 기타 사운드이니까요. 특히, 도입부 드럼 사운드에 이어 키보드, 베이스 나오고 기타가 겹치는 바로 그 구간!"

"자아! 중학교 1학년 때 조용필 공연에 가서 찌질하게 울다 오신 분, 병원에 입원한 환자였다죠? 기어코 의사 선생님의 외출증을 받아서! 용필 오빠를 보고 온 그 열·정! 정인하 씨의 신청곡, 자·존·심!!"

인하 말대로, 멋진 기타 사운드에 모두 기타리스트가 되어 기타 치는 흉내를 냈다. "이 마음은~" 구간에서는 저쪽에 서 계시던 학년 주임 선생님과 양호 선생님도 어깨를 들썩였다.

신났던 '자존심'이 끝나고 자연스럽게 조용필의 '고추잠자리'로 넘어가자, 아까의 흥겨운 모습은 어디로 갔는지 심각한 표정으로 서로를 부둥켜안고 노래를 따라 불렀다. 마치 인생의 희로애락을 겪은 영화 주인공처럼 슬픈 얼굴이 되어 펑펑 울기 직전이다.

지금은 오빠들의 시대다. '고추잠자리'가 울려 퍼지는 '안정 수련원' 높은 밤하늘의 별은 보석처럼 예뻤고, 물기 머금은 풀 냄새는 공기와 만나 마음 깊이 들어 왔다.

그 가을, 너와 걷던 길

# 컨테이너 교회, 첫 만남

인하는 가방을 메고 아파트 단지 공원 농구장 벤치에 잠시 앉았다. 벤치에 내려놓은 가방을 열어 워크맨과 헤드폰을 꺼내 헤드폰을 썼다. '레인보우(Rainbow)'의 'The Temple Of the King'이 흘러나오고 인하는 왼쪽 발로 박자를 맞췄다.

짧았지만 무척 즐거웠던 수련회를 마치고 이제 막 동네에 왔다. 공원 바로 옆에는 어린이 놀이터가 있고, 공원 앞에는 2층짜리 아파트 상가가 있다. 1층에는 부동산, 비디오 대여점, 문방구, 가게, 약국이 있다. 독산동은 간판이 '복덕방'으로 많이들 되어 있는데, 과천에 오니 '부동산'으로 되어 있어 뭔가 새로워 보이긴 했다.

토요일 오후 4시. 햇빛은 여전히 양보 없이 뜨겁고, 바람 한 점 없다. 하지만 초록의 무성한 나무가 많아서 저마다 각각 그림자를 내려 쉬어갈 자리를 넉넉히 만들어 줬다.

인하가 앉은 벤치 위에도 커다란 나무가 있어서 폭을 딱 맞춘 것처럼 벤치를 그늘로 감싸줬다. 마치 어머니가 두 팔로 아이를 안고 있는 것처럼 그렇게, 고마운 그늘이었다.

공원 농구장에서는 인하와 비슷한 또래인 것 같은 남학생 두 명이 농구하는 중이다. 한 명은 얼굴이 아직 아기 같은 표정에다 움직임이 빨랐고, 한 명은 키가 좀 더 크고 움직임이 빠르진 않았지만, 힘이 있다.

"형! 형의 치명적 단점은 좋아한다는 말을 먼저 못하는 거야. 안 그래?"

"치명적이라고 할 것까진 없지 않냐?"

"이 형 봐? 그건 정말 안 좋은 거지. 내가 형 정도면 자신감 엄청날 텐데. 잘 생기고, 키 크고, 성격 좋고, 완전 따봉 아냐?"

"야, 인마, 내가 좋아한다고 말하는 순간 싫다고 하면 어떻게 하냐?"

아기와 같은 얼굴의 남학생이 드리블하던 농구공을 잡고 갑자기 멈추더니 숙였던 상체를 죽 폈다. 키 큰 남학생도 덩달아 몸을 폈다. 키 큰 남학생의 얼굴을 한참 쳐다보던 아기 같은 얼굴의 남학생은 이해가 안 된다는 표정이다.

"그러다가 정말 좋아하는 사람은 그냥 가는 거지. 이 형 진짜 답답하네."

"그럴 만큼 좋아하는 사람도 없어, 인마. 빨리 드리블해."

"아참, 형은 음악 얘기 잘 통하는 사람 좋아하지? 맞다, 맞아."

"음악 얘긴 음악을 정말 좋아하는 사람하고 해야 한다. 형은 아직 그런 친구가 없다니까?"

"암튼 형은 나중에 여자가 적극적으로 나와야 하겠네!"

"옛날에 내가 짝꿍한테 좋아한다고 말했는데 걔가 뭐라 했는지 아냐?"

"어느 정도 옛날?"

"초등학교 4학년 때."

"오케이! 뭐라 했는데?"

"난 누가 나한테 좋아한다고 말하면 싫어져. 그러니까 그런 말 하지 마."

"이상한 여자애네?"

"난 그게 너무 마음에 남아서 앞으로도 먼저 말 못 할 것 같다."

"아픈 기억이구만."

심각한 애긴지 한참을 얘기하던 두 명은 다시 농구공을 잡고 뛰었다.

"아, 형! 막 힘으로 밀어붙이지 말라고!!"

"야, 인마, 농구가 힘으로 밀어붙여야지 뭐로 밀어붙이냐?"

'아, 둘이 형과 동생이구나…'

일부러 보려고 한 게 아닌데, 인하는 농구 골대 앞에서 옥신각신하면서 힘겨루기를 하는 두 명을 자꾸 쳐다봤다. 나중에는 "으악! 혀엉!! 진짜!", "이 자식이!"라고 서로 엉덩이로 마구 미는 두 명 모습이 보기만 해도 웃음이 절로 나왔다.

"형, 목마르다. 우리 물 먹자!"

"그래!"

엉덩이로 밀다가 바닥에 동시에 넘어진 두 명 중 아기 같은 표정의 남학생이 형인 남학생한테 말했다. 그러더니 벌떡 일어나서 아파트 상가 쪽으로 뛰어갔다. 형도 뒤따라 뛰어갔다. 동생 남학생이 상가 1층에 있는 부동산 출입문을 똑똑 두드린 후 열더니 90도 각도로 크게 인사했다.

"아저씨, 안녕하세요! 죄송한데 물 좀 먹어도 될까요?"

"허허허, 이놈들! 요 앞 농구장에서 농구했구나?"

부동산 아저씨는 사람 좋은 웃음을 활짝 웃으면서 소파에서 일어났다. 두 명한테 앉으라고 소파 쪽으로 손을 퍼덕거렸다. 아저씨는 냉장고 냉동실에서 얼음을 꺼내 다섯 알씩 꼼꼼하게 컵에 담고 주전자에 있는 물을 조르륵 따랐다.

"얼음물이야, 천천히 마셔라, 사레들린다."

"네, 감사합니다!"

동생 남학생이 소파에서 벌떡 일어나 두 손으로 컵을 받아 형 남학생한테 건네주고는 아저씨가 두 번째로 주는 컵을 받고 소파에 앉았다. 형 남학생이 물을 한 번 마신 후에 동생 남학생이 물을 마셨는데, 아저씨 당부를 잠깐 까먹었는지 급하게 마시다가 컥컥거렸다. 뺨과 눈알까지 벌게질 정도로 기침하니까 아저씨가 얼른 와서 등을 탕탕 두드렸다.

"아니, 인석아, 그러게, 천천히 마시라니까는. 어이구, 이제 좀 괜찮냐?"

아저씨는 동생 남학생이 진정되자, 꿀밤을 한 대 딱 때렸다. 동생 남학생은 "헤헤헤" 웃으면서 아저씨 손을 막는 척하며 두 손을 포개 아저씨 등을 착착 소리도 예쁘게 두드려줬다. 형 남학생은 그런 동생을 쳐다보면서 씩 웃었다. 하얀 이가 시원하게 드러나는 미소였다.

농구장 벤치에서 한참을 앉아 있다가 집에 들어 온 인하에게 어머니가 말했다. 정하는 아직 안 들어왔는지 집에 없다.

"인하야, 교회 한 번 가보자. 이 동네에도 우리가 잘 다닐 교회 있더라. 엄마가 미리 알아봤어."

인하는 별말 없이 고개를 끄덕였다. 초등학교 1학년 때부터 다닌 교회를 떠나와서 사실은 아직 마음이 정리되지 않았다. 물론 '학교 친구가 곧 교회 친구'이기 때문에, 학교에서 원래 교회 친구들을 만나기는 하지만 그래도 교회와 학교는 엄연히 다르다. 인하는 생일이 빨라 일곱 살에, 초등학교에 입학해서 중학교 3학년인 현재 나이는 열다섯 살이다.

일요일 아침 8시 30분, 교회 앞이다. 교회 다니는 사람은 일요일을 주일이라고 하는데, 어머니가 말한 교회는 컨테이너 교회였다. 어머니 말에 의하면 대로변 건널목 건너편에 교회 신축건물을 짓고 있고 초겨울쯤에 입당 예정이라고 했다. 성도들이 그간 너무 많아져서 고생이 많으니 큰 건물로 옮긴다는 것이다.

어머니는 장년부(성년)가 드리는 대예배 중 2부 예배인 9시 대예배, 인하는 9시 중등부 예배, 정하도 9시 고등부 예배를 드리기 위해 각각 이동했다. 컨테이너 교회 밖에서 찬송가 소리가 희미하게 새어 나왔다.

조금 큰 컨테이너가 가운데에 있고, 그것의 절반보다 약간 작은 크기의 컨테이너가 양쪽으로 한 개씩 총 두 개 있고, 그 세 개 컨테이너와 약간 떨어진 곳에 식당으로 쓰는 컨테이너와 화장실로 쓰는 컨테이너까지 총 다섯 개의 컨테이너가 있다.

교회 마당은 동글동글하고 매끄러운, 하얀색과 회색 자갈이 빼곡하게 깔려 있다. 마당 끝에 있는 삼면이 유리인 공중전화 부스 앞에 파라솔이 펴 있는 나무 테이블과 등받이 없는 기다란 나무 의자가 나무 테이블에 붙어 있다.

컨테이너 교회 이름은 '그곳 교회'. 중등부 예배와 고등부 예배를 드리는 컨테이너 안으로 들어가면, 철제 등받이에 진한 회색 안장이 있는 접이식 의자들이 정갈하게 줄지어 놓여 있다.

예배 전에 일찍 온 여러 명의 학생은 의자에 앉아 눈 감고 기도하거나, 성경책을 읽거나 옆 친구 귀에 손을 대고 소곤소곤 말하고 있다. 접이식 의자들 앞에는 벽에 십자가를 둔 작은 강대상이 있고, 검은색 피아노가 있다.

어머니는 중등부와 고등부 예배당을 직접 한 번씩 들어와서 부서 전도사님한테 공손하게 인사하고 예배당 안을 다시 한번 꼼꼼하게 둘러 보고는 장년부 대예배당으로 걸음을 옮겼다.

어머니는 고등부 예배당에서는 정하를 보며 웃고, 중등부 예배당에서는 인하를 보며 활짝 웃고 뒤돌아 나갔다. 어머니의 미소는 언제나 그렇듯 참 곱고 좋다.

인하는 중등부 전도사님한테 인사하고 새로 온 친구들이 앉는 왼쪽 맨 앞 의자에 앉았다. 새로운 친구가 한 명 더 있어서 그나마 좀 덜 어색했다. 9시 예배 시간까지는 10분 정도 남았는데, 한 여학생이 피아노를 치고 있다. 예배 시작 전 찬송가 연주다.

인하는 아름답고 맑은 피아노 소리를 듣고 있자니 마음이 평안해져서 눈을 스르르 감았다. 예배가 막 시작되고 얼마 안 있어서 예배당 문이 소심하게 끼익하고 열렸다. 인하는 아는 사람도 없으면서 자동으로 뒤를 돌아보았다.

남학생 두 명이다. 예배를 이미 시작했기 때문에, 남학생 두 명은 문을 아주 조심스럽게 닫고는 상체를 숙이고, 발소리를 최대한 내지 않고 경중경중 느린 동작으로 걸었다. 인하는 그 모습이 웃기기도 해 하마터면 웃을 뻔해서 손바닥으로 얼른 입을 막았다.

키가 큰 한 명은 앞머리와 옆머리가 적당한 길이의 헤어스타일이고 조금 작은 한 명은 군인 머리처럼 매우 짧은 길이의 헤어스타일이다.

조금 작은 한 명은, 같이 들어온 키가 큰 남학생이 워낙 커서 작아 보이는 것이지, 대부분의 남학생과 비교하면 큰 키다. 키 큰 남학생의 표정은 어딘지 모르게 진중했고, 낮을 많이 가리는 듯 주변을 살피며 앉을 자리를 찾고 있다.

그런데 두 명 남학생의 얼굴이 어딘가 낮이 익었다. 인하는 '어디서 봤을까…' 하면서 생각했지만, 생각이 잘 나지 않았다. 함께 사도신경을 외우고 찬양팀의 찬양이 끝나고 전도사님의 설교가 이어졌다.

"두려워하지 말라."는 제목으로 전도사님의 열정적인 설교가 끝나고, 광고 시간에는 인하와 새로 온 친구 한 명 그러니까 총 두 명이 앞에 나가서 인사하는 시간을 가졌다.

가치관은 밝지만, 성향 자체가 내향적이라 낮을 많이 가리는 인하는 뚝딱거리면서 인사했는데, 옆의 새로 온 여학생은 어찌나

명랑한지 인사 자체가 통통 튀어서 앉아 있는 학생들 표정이 한껏 밝아졌다.

인하도 윗니, 아랫니를 드러내며 헤벌쭉 웃었고, 저 뭔가 낯이 익은 두 명의 남학생도 싱글벙글한다. 인하는 '비타민과 같은 새로 온 친구' 덕에 어색한 광고 시간이 순식간에 지나간 것 같아 고마웠다.

"새로 온 우리 친구들이 오늘은 좀 어색할 테니까, 다음 주에 환영 시간 가집시다. 다음 주에 예배 끝나면 마당 나무 테이블로 다들 모이세요!"

그날 밤, 인하는 베개에 얼굴을 묻고 한참을 뒤척였다. 낯설지만 또 낯익은 얼굴 하나가 자꾸 머릿속을 맴돌았다. 라디오에서는 DJ가 삼성전자의 김현준 선수를 좋아한다는 청취자 사연을 읽어 주는 중이다.

"아! 맞다! 농구장!"

인하는 베개에서 머리를 번쩍 들었다. 교회에서 본 두 명의 남학생은, 토요일인 어제 오후에 공원 농구장에서 봤지 않은가 말이다. 세상에나… 오래전도 아니고, 바로 어제 본 남학생을 그토록 기억하지 못하다니.

인하는 슬쩍 지나친 사람을 몇 년 뒤에 봐도 기억할 정도로 원래 사람 얼굴을 정말 잘 기억하는데 어찌 된 일인지 모르겠다.

의도치 않았지만, 부동산에 가서 물 마시는 것까지도 보고 솔직히 인상 깊게 본 학생들이다. 더군다나 키 큰 남학생은 인하가 평소 호감을 느끼는 스타일이었다. 그런데 단번에 기억을 못 한다니! 어쨌거나 청취자 사연으로 기억을 떠올렸으니 다행이다.

키가 큰 남학생을 빨리 기억해 내지 못했고, 심지어 교회에서도 아무런 말을 나누지 않았지만, 이상하게도 마음 한가운데가 찌르르했다. 무엇인가가 그렇게 흐린 그림자처럼 아주 조용히, 인하의 마음속에 들어오기 시작했다.

# CHAPTER 5

# 외할머니를 업고 뛰다!

인하는 토요일 4교시 수업을 마치고 집에 돌아왔다. 서둘러 씻은 후 집중해서 야구 중계를 보는데, 정하가 갑자기 비디오를 보자고 했다. 그 말인즉슨, 인하한테 빌려오라는 것이다.

야구 다 보고 가겠다고 인하가 반항하니까 정하는 가뜩이나 크고 돌출된 눈을 더욱더 부라리면서 "야! 오늘 딱 보아하니 연장해서 4시간 중계네!"라고 화를 냈다. 그러다가 TV 화면을 괜히 째려봤는데 곧 표정이 암울해졌다.

"어휴, 그래, 야~아~ 정인하, OB 베어스 경기인데 건들면 안 되지. 와, 가뜩이나 오늘 선발이 최 일언 투수냐? 웬일로 구원투수 아니냐?"

정하의 예언대로 4시간 5분 만에 야구 중계가 끝났다. 인하는 야구를 너무 좋아해서, 대학생이 되면 잠실야구장의 '볼 걸 아르바이트'를 하고 싶다는 생각도 했다. 덕아웃 옆쪽 의자에 앉아 있다가 파울볼이나 굴러온 야구공을 신속하게 줍는 아르바이트다.

아무튼 인하는, 꼼짝도 하지 않고 야구를 보다가 TV를 껐다. 정하와 무슨 비디오테이프를 빌릴지 의논하던 중에 인하가 손뼉을 딱 치면서 말했다.

"언니, 예전에 그 미국 드라마 '초원의 집' 생각나? NBC 드라마. 왜 우리 교회 가기 전 시간에 해서 늘 못 봤잖아. 친구들이 재밌다고 얘기하면 우린 잘 모르고, 그치?"

"그러니까. 그러다가 한번 봤잖냐. 주일에 사정이 있어서 엄마랑 1부 어른 예배드리고 온 날."

"맞아. 그때 화장실 한 번도 안 가고 봤어. 진짜 재밌어서. 언니도 그랬지?", "언니도 아주 재밌게 봤어. 그 이후로 못 봐서 아쉬웠지만."

"그래도 난 그렇게라도 봐서 참 좋았어. 그 이후로 정보도 찾아서 보고 했잖아. 드라마의 엄마는 얼마나 다정했어? 그리고 아빠는 얼마나 믿음직하고, 애들은 다 사랑스럽고."

"맞아. 정말 꿈같은 가족이었지. 그때가 그립네?"

"에이~ 언니, 꼭 할머니들 말투 같다. 하하하!"

"그래? 흐흐흐."

비 오는 토요일 저녁이었다. 요즘에는 비 오는 토요일이 꽤 많은 것 같다.

"그런데 언니, 돈 있어?"

"응, 천 원 있어. 저번에 맡겨 놓은 보증금은 그대로 있는 거 맞지?"

천 원이면 한 편을 빌릴 수 있다. 비디오 가게에서 비디오테이프를 빌리려면 보증금 만 원을 내야 한다. 혹시나 있을 비디오테이프 분실과 훼손을 대비해서인데, 갈 때마다 생각하는 거지만 비디오테이프 대여료는 비싸다. 한 가지 위안이 있다면, 주말에는 대여 기간이 1박 2일이다. 평일에는 당일 반납하는 테이프도 있다.

참고로 천 원이면 자장면 곱빼기를 먹을 수 있고, 영화표도 천 원이다. 저기 제과점에서 파는 따끈하게 포장한 식빵 한 덩이가 400원, 서울 시내버스 요금은 100원. 인하 집에 매일 배달되어 읽는 신문 한 부가 50원이니 비디오테이프 대여료는 비싼 게 맞다.

인하는 정하한테 받은 천 원을 바지 주머니에 소중히 넣고 집에서 나와, 아파트 상가 1층에 있는 '히트 비디오 대여점' 쪽으로 발걸음을 재촉했다. 인하만 보면 자동으로 심부름 거리가 나오는 정하는, 비디오를 보고 싶은 건 정작 본인이면서 너무나 당연하게 인하를 부린다. 부린다는 말이 맞다.

예를 들면 이렇다. 인하가 주방에서 설거지하고 있는데, 방에 있는 정하가 굉장히 다급한 목소리로 부른다. 인하가 놀라서 뛰어가면 정하가 이런다.

"야~! 정 인하. 조기, 그, 그, 책장 두 번째 칸에 책 좀 줘 봐. 상록수."

'하, 진짜…'

인하는 늘 속는다. 언젠가는 정말 짜증 나서 책을 꺼내 주지 않고 문을 닫고 나갔다가 정하한테 헤드록을 얼마나 당했는지 모른다. 좌우간 그렇다는 말이다.

인하는 하늘색 우산을 쓰고 구불구불 이어진 아파트 화단 옆길을 한 번, 두 번, 세 번, 네 번을 지나, 세 칸 내려가는 얕은 계단을 내려가서 상가 입구 유리문을 열었다. 상가 1층 복도 오른쪽 두 번째 자리에 있는 비디오 가게는 불투명 유리문 뒤로 형광등 불빛이 번지는, 좁고 낡은 가게였다. 하지만 신기하게도 무척 아늑했다.

형광등 불빛 아래에 나무 냄새와 비디오 플라스틱 냄새가 섞인, '비디오 대여점 특유의 냄새'가 나는 좁은 가게에 들어가면 주인아주머니가 있는 테이블이 바로 있다.

대여 명부와 대여 명부 검은색 끈에 매달은 모나미 볼펜이 있고, 대여 명부 옆에는 볼펜 심 똥을 닦으라고 몇 번 접어 네모지게 만든 누런 휴지가 있다.

비디오 대여점이 막 인기를 끌기 시작한 요즘은 “주말에 비디오테이프 빌려다 같이 보자!”가 자연스러운 가족 간의 대화일 정도다. 가장 잘 보이는 선반에는 <람보>, <E.T>, <블레이드 러너>, <고스트버스터즈>와 같은 인기 비디오테이프의 케이스 재킷 앞면이 보이도록 진열했다.

그런 인기 있는 테이프에는 영화 포스터를 축소해서 인쇄한 그림, 감독 이름, 배우 이름이 명기되어 있고 등급 표시가 있는 표지가 붙어 있다. 인기 작품을 모아 놓은 가게의 오른쪽 벽부터 나무 선반 옆 벽에는 “테이프 훼손 시 변·상!!!”이라고 붉은색 느낌표가 세 개나 붙은 흰 종이, 그리고 최신 영화 포스터가 셀로판테이프로 야무지게 붙어 있다.

칸칸이 구획을 만들어진 선반에는 장르별, 국가별, 신작과 인기작 코너가 꼼꼼하게 구분되었고 인기 작품 케이스에는 “대여 중”이라는 스티커가 붙어 있다.

인하는 비디오테이프 중에서 한 개 골라 들었다. 정하가 빌려 오라는 비디오테이프, <E.T>이다. 영화를 좋아하는 정하는 올해 12월에 개봉 예정인 <고스트버스터즈>도 엄청나게 기대하는 중이다. 기대하는 이유 중 하나는 영화 OST인 'Ray Parker Jr'의 'Ghostbusters'가 굉장히 좋다는 정보를 들었다는 것이다.

비디오테이프를 오른손에 든 인하는 오늘도 자석에 이끌리듯 가게의 왼쪽 벽 끝의 나무 책장 쪽으로 갔다. 두 겹의 책장에 빼곡하게 꽂혀 있는 만화책 ㄱ부터 옆으로, 또 밑으로 죽 훑어봤다. 이 가게가 마음에 드는 점은 만화책 대여도 하는 것이다. 하지만 오늘도 역시나 없다.

"아주머니, <우리들의 이야기> 언제 빌릴 수 있을까요?"

"어, 그거? 반납하면 바로 빌려 가고 그렇네? 워낙 인기 있잖아. 그런데 학생, 인기 많은 만화책은 예약할 수 없는 것 알지?"

"네. 알아요. 빌려 간 분 반납일은 언제인가요? 제가 그때 맞춰서 바로 올게요."

"응, 잠깐만. 오, 그래, 모레 반납이네. 하루 중 언제 가져올지는 아줌마도 모르니까 학생이 융통성 있게 와 볼 수밖에 없어."

"학교 다녀와서 바로 와볼게요."

"그래, 아줌마가 특별히 두 시간 정도는 가지고 있어 볼게!"

"아, 감사합니다!"

인하는 감사한 마음을 가득 담아 <히트 비디오 대여점> 아주머니에게 꾸벅 인사를 두 번 한 후, 비디오테이프를 빌리고는 인사를 한 번 더 하고 가게 문을 열었다.

김동화 작가의 <우리들의 이야기>는 인하가 가장 좋아하는 만화책인데, 인기가 너무 많아 빌리기가 참 어려웠다. 인하는 "다음번에는 반드시 빌리고 말 거야."라고 혼잣말을 반복했다.

상가 앞의 세 칸 얕은 계단을 올라와서 네 번째 화단 길을 거치는 동안 비가 더욱더 부슬부슬 내렸다. 하늘색 우산에 떨어지는 부슬비 소리는 드럼 스틱으로 드럼을 아주 작고 빨리 치는 것과 같은 앙증맞은 소리가 났다. 인하는 비디오테이프가 든 검은색 비닐봉지를 품에 꼭 안았다.

인하는 마지막 네 번째 화단 옆길에서 잠깐 멈춰, 아파트 103동 아파트 입구에 있는 나무 위를 바라보았다. 비에 젖은 나뭇잎 사이로 가로등 불빛이 반짝였는데, 마치 영화의 한 장면처럼 영롱하고 신비한 빛이 아름다웠다.

'내 삶에도 저런 빛과 같은 마법의 순간이 있을까 …'

문득 스치는 그런 생각을 품고, 인하는 아파트 첫 계단을 밟았다. 주공아파트 103동 310호의 초인종을 '딩-동!' 누르자 정하가 입에 찹쌀 도넛을 물고 문을 빼꼼 열었다. 찹쌀 도넛은 정하가 가장 좋아하는 빵이다.

인하와 정하는 방의 전등을 끄고 벽에 기대고 앉아 <ET>를 보면서, 화면 속 외계 생물과 소년의 우정이 아름답고 순수하다고 감동했고, '과연 이 세상에서도 저런 우정이 가능할까?'라는 생각을 했다. 영화의 진실한 우정이 빛처럼 퍼져 나와 좁은 방안을 뭔가 따뜻하게 채워 주었다.

인하가 교회 마당 테이블 의자에 앉아 있다. 그 옆에 있는 공중전화 부스에서 규명이 운경 집에 전화했다. 운경 아버지가 전화 받았는데, 규명이 제대로 인사를 안 하고 운경을 그냥 바꿔 달라고 하자, 운경 아버지한테 한참 꾸지람을 듣는 것 같다.

“이 녀석! 먼저 인사를 해야지. 인사 다시 하고!”

“아, 예, 죄송합니다! 아저씨! 안녕하세요, 저 규명이 입니다. 운경이 형 바꿔 주시겠어요?”

“오냐, 이 녀석아. 허허허, 운경이 바꿔 주마. 잠깐만 기다려.”

“넷, 감사합니다!”

인하는 수화기를 귀에 대고 엉거주춤 꾸벅 인사하는 규명의 모습이 웃겨서 하하하 웃었다. 오늘 토요일 오후 5시에 교회 행사가 있다. 중등부에서 떡볶이, 초코파이와 사이다 그리고, 쫀드기를 준비해서 교회 뒤 공터에서 하게 될 ‘나눔 행사’다.

근방에 있는 초등학교, 중학교, 고등학교 앞 전봇대에 전단을 붙여서 이미 많은 학생이 알고 있다. 이를테면 “교회에 한번 와 보세요!”라는 전도라고 할 수 있다. 인하도 토요일 학교 수업이 끝나고 집에도 들르지 못하고 교회에 바로 왔다.

“운경이 형! 빨리 와! 인하 누나는 벌써 왔어.”

“아, 그래? 형 금방 갈게. 강아지 밥만 주고 바로 나갈 거야!”

인하와 규명은 강아지 밥만 주고 바로 나온다는 운경의 답을 듣고 나서 교회 식당에서 떡볶이, 종이컵, 나무젓가락, 국자 등을 챙겨 공터로 옮기기 시작했다. 집사님과 권사님들이 열심히 요리

한 떡볶이는 군침이 날 정도로 맛있는 냄새가 났다.

"무거워?"

"어, 어? 아니, 괜찮아."

큰 주전자에 물을 가득 담아서 들려고 하는 순간, 누군가 주전자 손잡이를 잡으면서 말했다. 운경이다. 규명이 전화한 후 정확하게 25분 만에 왔는데 뛰어왔는지 이마에 땀이 송골송골 맺혀 있다. 뜨거웠던 8월이 지나서 9월이 되어 살짝 선선하지만 중간중간 더운 공기는 느껴지니까.

"괜찮아? 그래도 내가 들게!"

운경은 씩 웃으면서 주전자 두 개의 손잡이를 양손에 힘차게 들었다. 그 말은 조용했지만, 어딘가 묘하게 단단했다. 마치 단어들이 인하의 마음을 감싼 채 조심히 건네진 것 같았다. 인하는 초코파이를 가득 담은 쟁반을 들고 운경의 뒤를 따랐다.

식당 문턱을 지나는데, 인하와 운경의 팔이 스치고 발걸음이 엇갈렸다. 서로 길을 양보하다가 그런 건데 말은 없었지만, 그 짧은 걸음마다 무언가 가슴 안쪽에서 톡, 톡, 하고 건드리는 느낌이었다. 공터에 놓은 긴 테이블에 물 주전자를 올려놓은 운경은 무심하게 이마의 땀을 팔로 닦았다.

운경은 두 개의 커다랗고 노란 양은 주전자 옆에 놓인 작은 물 주전자에서, 종이컵에 물을 따라 인하에게 건넸다. 그러더니 운경도 종이컵에 물을 따라 마셨다.

"덥지?" 그 한마디가 어딘지 모르게 좋았다. 인하는 물을 마시다가 "응, 아직 덥네. 물 고마워."라고 말했다.

말이 짧게 끊겼다. 운경도 아무 말 없이 고개를 끄덕였다. 하지만 그 순간 인하는 느꼈다. 말이 없어도, 굳이 쳐다보지 않아도 서로를 보고 있다는 걸…운경의 눈동자가 부드럽게 스쳤고, 인하의 심장이 조용히, 그러나 확실히 콩콩 뛴다는 걸 말이다.

그건 단순하게 그저 콩닥거리는 감정이 아니라, 마치 오래전부터 좋아하는 어떤 음악이 작게, 하지만 멈추지 않고 흘러나와 인하의 귀에 잔잔하게 울리기 시작한 듯한 느낌이었다.

토요일마다 비가 오거나 집에 일이 잘 발생한다. 토요일은 원

래 4교시 수업인데, 수업이 끝난 후 담임선생님과 학급 임원들의 간단한 회의가 있어서 평소 토요일보다 조금 늦게 집에 왔다.

인하가 집에 오니 난리가 나 있다. 현관문이 조금 열려 있다. 인하는 너무 놀라 가방을 거실에 던지고서는 급히 신발을 벗고 외할머니 방으로 뛰어 들어갔다.

아…외할머니가 없다. 어머니는 이 시간에 당연히 없고, 정하도 없다. 외할머니 방의 이불과 요에 배변이 묻어서 마구 뒤엉켜 있는 데다가 베란다로 통하는 이동문도 열려 있다.

당황한 인하는 외할머니 방에서 나와 안방으로 갔다. 아파트는 방이 딱 두 개인데, 안방에서는 어머니, 인하, 정하 그리고 어머니가 데리고 온 가정부 순희 언니가 자고 외할머니 방에서는 외할머니 혼자 자거나 인하가 자주 함께 자곤 했다.

안방, 욕실, 주방까지 찾았는데 역시 외할머니는 없다. 그리고 가정부 언니 순희 언니도 없다. 인하와 정하가 학교에서 돌아올 때까지 순희 언니가 집에 있어야 하는 데 없다.

안방이 있는 베이지색 전화기 벨이 울렸다. 인하의 가슴이 쿵쿵쿵 세차게 뛰었다. 얼른 수화기를 집어 들었다.

"네, 여보세요!"

"아, 여보세요, 여기 관리 사무소입니다. 김 명자 길자 할머님 댁이죠?"

"아! 네, 네, 맞아요, 맞습니다!"

"보호자 분 되십니까?"

"네, 네, 손녀입니다!"

"관리소에 할머님 보호하고 있으니 오셔서 모시고 가시면 됩니다."

"네? 아…알, 알겠습니다. 곧 갈게요. 감사합니다! 정말 감사합니다!"

인하는 전화를 끊고 바람처럼 뛰어나가 운동화를 신고, 현관문을 잘 잠근 후 계단을 뛰어 내려갔다. 인하가 이렇게 빨리 뛴 건 머리털 나고 처음이다. 조금 아까, 열린 현관문을 보는 순간부터 주위가 핑핑 돌 듯이 충격을 받았고 외할머니 방에 외할머니가 없는 걸 확인하고서는 심장이 터질 듯 쾅쾅 뛰어 곧 쓰러질 것 같았다.

인하는 네 번째 화단을 지나 얕은 세 개의 계단을 내려가서, 중간 통로를 지나, 온 힘을 다해 달려 관리 사무소 건물 현관문을 열고 뛰어 들어갔다. 성격이 느긋한 편인 인하는 급하게 뛰는 법

이 없는데 다시 한번 말하지만, 이렇게 뛴 건 아마 살면서 처음인 것 같다.

관리 사무소에 들어가니, 짙은 갈색 소파에 조그맣게 앉은 외할머니가 보였다. 외할머니의 작은 모습을 보고 인하는 마음속이 뜨거워졌다. 코가 맵고 목이 칼칼해지면서 눈앞에 안개가 낀 듯 뿌옇다.

인하는 심호흡을 한번 깊게 한 후 외할머니 앞으로 뚜벅뚜벅 걸었다. 그러고선 외할머니 앞에 한 쪽 무릎을 꿇고 앉아 외할머니 손을 꼭 잡았다. 외할머니는 순간 온전한 정신으로 돌아왔는지, 인하의 머리를 연신 쓰다듬었다.

"인하야, 밥 먹었냐? 아유, 왜 땀을 이렇게 흘렸어?"

"응, 할머니 막 뛰었더니 더워서. 할머니는 배 안 고파? 괜찮아?"

"할머니는 배 하나도 안 고파, 우리 인하가 배고프지."

인하는 외할머니 발로 시선을 옮겼다. 신발을 신지 않고 나왔는지, 발이 흙투성이에다가 오른쪽 발바닥은 피부가 까져서 피가 조금 났다. 인하는 다시 한번 눈이 뜨거워졌다.

인하는 티셔츠 앞쪽을 잡아당겨 조심스레 외할머니 발을 닦았다. 그리고 청바지 주머니를 뒤적거려 손수건을 꺼내, 피가 난 오른발에 감아 부드럽게 묶었다. 집에 가서 소독하고 약을 바를 생각이다. 외할머니는 "우리 인하, 칼국수 만들어줄게, 할머니가." 라면서 인하 머리를 계속 쓰다듬었다.

인하와 외할머니 모습을 지켜보던 관리 사무소 남자 직원이 옆으로 와서 활짝 웃었다. 이야기를 들어보니, 아파트 주민한테 민원 전화가 왔는데, 어떤 할머니가 신발을 신지 않은 맨발로 '누군가를 부르면서' 아파트 공원과 놀이터 곳곳을 계속 돌아다닌다는 거였다.

주민이 말한 바로 그 장소에 가니 아주 작고 마른 할머니가 화단 앞에 앉아서 무언가를 줍고 있더란다. 뭐를 줍는지 보니까, 할머니는 줄지어 기어가는 개미를 한 마리 한 마리씩 조심스럽게 집어서 잔디 쪽에 넣어 주고 있었다는 것이다.

인하는 문득 어머니가 말한 게 생각났다.

"인하야, 우리 엄마는 개미 한 마리도 못 죽여. 사랑이 그렇게 많아서 이 세상의 모든 생명을 귀하게 여기시거든. 너희 외할머니가 그런 분이야."

관리 사무소 남자 직원의 얘기를 들은 인하는 외할머니를 물끄

러미 봤다. 그리고 고개를 가만히 끄덕였다. '너무 착하고 사랑 많고 불쌍한 우리 할머니…'.

인하는 외할머니를 안전하게 보호해 준 관리 사무소 직원한테 진심으로 고개 숙여 인사했다. 민원 전화해 준 주민이 누구인지는 모르겠지만, 그 주민도 고마웠다. 귀찮을 수 있는데 그냥 지나치지 않고, 전화해 줘서 너무도 고마웠다.

인하는 마음으로 기도했다. 그 주민분과 관리소 직원이 모든 일이 잘 되게 해달라고 말이다. 주민의 전화가 없었다면 외할머니는 어떻게 되었을지 끔찍했다.

외할머니는 아프고 기운 없는 치매 환자고, 신발도 신지 않았고 아주 작고 말라서 인하는 외할머니를 업었다. 물론 인하도 중학교 3학년인 데다가 조금 마른 체형이지만, 외할머니를 업는 건 '사랑의 힘'만으로 충분했다.

인하에게 업힌 외할머니는 자꾸 내리겠다고 했다.

"아유, 인하야, 할머니 내려. 너 힘들다. 내려."

"아니야, 할머니. 할머니 하나도 안 무거워. 그리고 할머니, 신발도 안 신었잖아."

"괜찮아. 안 신어도 돼."

"내가 안 돼. 할머니가 얼마나 깔끔한데 맨발로 바닥을 걸어
가? 안 돼."

인하는 계속 내리겠다는 외할머니를 업고 천천히 걸었다. 막
해가 진 토요일 저녁이었다. 상가 비디오 대여점에서 '김수철'의
'내일'이 인하의 등 뒤에서 들렸다. 연약한 외할머니의 몸이 고스
란히 느껴져 슬펐다.

앞에서 말한 순희 언니를 잠깐 말하자면, 어머니가 서울역에서
만나 데리고 온 언니다. 나이는 스물세 살. 서울역 대기실에서 울
고 있는 순희 언니를 데리고 왔는데, 충청북도 청주에서 혼자 무
작정 서울로 왔다고 했다. 집이 너무 가난해서 돈 벌려고 왔다는
데 사정을 들으니 초등학교 졸업 후 중학교 입학을 하지 못했다
는 사연이다.

어머니는 예전에도 그런 언니를 집에 몇 번 데리고 와서 학교
에 다니게 했다. 물론 집안 사정이 좋았다 좋지 않기를 반복했는
데, 어머니는 사정이 조금 좋을 때 어려운 사람을 데리고 와서 늘
공부를 하게 해 줬다. 공부해서 초등학교, 중학교, 고등학교 과정
별로 검정고시를 봐서 졸업 인정을 받을 수 있게 도왔다.

물론 그 언니들의 교육 비용과 필요한 교통비, 용돈은 어머니

가 부담하고 숙식도 무료로 제공하는 거였다. 함께 사니까. 대신 그 언니들은 살림해 줬는데, 어머니는 약간의 살림만 시켰다.

공부를 열심히 해서 짧은 기간 안에 과정을 다 이수하고 좋은 곳에 취직해서 일하고 결혼을 잘하라는 이유였다. 그러니 가정부라는 단어도 사실 맞지 않았다.

그렇게 해서 고등학교 검정고시까지 보고 취직한 후 독립한 언니들이 총 세 명인데 특별히도 이번 순희 언니는 머리가 좋아서 아주 빠른 기간 안에 과정 이수를 잘했다. 그리고 만나는 남자, 그러니까 아저씨도 있어서 연애도 열심히 하는 것 같았다.

어머니는 순희 언니한테 외할머니 치매 수발을 들지 않게 했는데, 어머니가 시키지 않은 것도 있지만 순희 언니가 "다른 일은 해도 할머니 대소변 수발과 똥 빨래는 못 해요."라고 말하기도 했다. 어머니, 인하, 정하도 순희 언니한테 외할머니 치매 수발을 들게 할 마음은 애초부터 없었다.

외할머니의 치매 간호와 요와 이불을 포함한 대소변 관련 빨래, 식사는 인하와 정하가 도맡아 하면서 학교에 다니고, 어머니는 밤낮으로 일해서 생활비를 벌고 외할머니의 간호 비용을 책임졌다.

순희 언니가 하는 일은 매일 아침 8시에 공부하러 나가서 오후 4시 정도 집에 왔고, 와서는 밑반찬 몇 개를 만들어 놓거나 청소, 가족 빨래 정도만 하는 거였다. 하지만 빨래는 인하와 정하가 외할머니 것을 빨래하면서 같이했기 때문에 순희 언니가 할 빨래는 없다고 하는 게 맞다.

그리고 순희 언니는 동네에 있는 학교에 갔으므로 이동 시간을 거의 뺏기지 않는 일정이었다. 남자가 평일에도 순희 언니를 만나러 오고 싶으면 밤에 나가 만나는 그런 자유로운 생활이었다.

어쨌든 일보다는 공부시키려고 데려온 게 목적이니, 어머니는 어떤 언니를 데려와도 이 정도 선에서만 일을 하라고 했다.

그런데 솔직히 연애했으니 얼마나 바빴을까 싶다. 토요일, 일요일은 가족 중 한 명이라도 오면 데이트할 수 있도록 시간을 자유롭게 줬는데, 얄궂게도 외할머니가 사라진 날, 그냥 짐보따리를 싸서 남자를 따라갔다.

조금 더 참고 공부하면 고등학교 검정고시까지 볼 수 있는데, 좋은 상황에서 공부할 기회를 놓쳐 버리고 그 좋은 머리에 현실 판단을 하지 못한 채, 어머니한테 인사도 하지 않고 그렇게 가 버렸다.

솔직히 인하는 도망갔다는 자체보다 외할머니를 혼자 두고 현관문을 제대로 잠그지도 않고 무책임하게 떠난 순희 언니를 용서할 수 없었다. 도망가더라도 현관문은 제대로 잠그고 가야지 라는 괘씸함에 분노가 치밀었다.

어머니 역시 데리고 온 언니 중에서, 순희 언니 같은 경우는 처음이라 충격이 컸지만, 가타부타 말하지 않고 "언젠가는 알겠지, 순희도. 공부를 마쳐야 했다는 걸. 그리고 이런 행동이 얼마나 무책임한 행동이라는 걸. 어차피 떠나야 할 사람이었다고 생각하고, 우리가 앞으로 외할머니를 더욱 신경 써서 돌보자."라는 말로 순희 언니와의 인연을 끝냈다.

그 가을, 너와 걷던 길

# CHAPTER 6

## 가을밤, 나란히 걷던 길

팝송 마니아인 기사가 운전하는 버스다. 역시나 팝송 프로그램이 나오는데, 마침 MBC 라디오 <김기덕의 2시의 데이트>를 틀어 놓았다.

오늘은 웬일로 맨 뒤 의자가 비어서 앉아서 갈 수 있다. '와! 진짜 웬일이냐? 자리가 있다니?' 인하는 기뻐서 뒤로 걸어갔다. 곡이 끝나고 김기덕 DJ의 멘트가 흘렀다.

첫 번째 글자에 힘을 빡 주고 다음 글자마다 악센트를 특이하게 주면서 '엄~청난', '굉~장한', '대~단히 놀라운!' 등의 표현법을 쓰는 김기덕 DJ다. 그런데 인하는 의자에 앉으면서 "엇!!" 소리를 지를 뻔했다. 입술에 힘을 꽉 줘서 다물고 천천히 의자에 앉았다 .

"경기도 과천에 사는 정인하 학생이 보내신 사연이네요. "외할머니가 치매로 힘드신데 더 나빠지지 않고 잘 지내실 수 있도록, 가족이 간호도 더 잘할 수 있도록 힘을 주세요. 훌륭하신 우리 외할머니께서 헌신적으로 키워주신 날이 생생한데 그날을 보답해 드릴 수 있도록 시간을 좀 더 주세요!" 병간호가 참 힘든 건데, 착한 손녀군요. 2시의 데이트 청취자분들도 함께 응원해 주셨으면 좋겠습니다. 정인하 학생의 신청곡인 '스콜피온스(Scolpions)'의 'Still Loving You'입니다. 클라우스 마이네의 정교한 목소리와 마티아스 잡스의 놀라운 리드 기타 그리고, 리듬 기타 루돌프 쉥커의 기타 리프가 엄~청나게 아름다운 곡이죠!"

원래 토요일에는 청취자 사연보다 DJ 선곡을 주로 틀어 줘서 엽서를 보내면서도 거의 포기하고 있었는데 기분이 좋았다. 근래 들어 가장 좋았다. 가을의 길목이라 날씨도 알맞게 선선하니 좋고, 나무 색깔도 은은하니 분위기 있고, 그냥 이 순간 모든 게 아름다워 보였다. 뭔가 기분 좋은 일이 있을 것 같은 예감이 들었다.

그날 밤 중등부 모임은 평소 토요일에 비해 늦게 끝났다. 컨테이너 교회 밖으로 나오니 공기가 확연히 달라져 있다. 여름 내내 끈적이던 공기가 상쾌하게 말라 있었고, 바람엔 낙엽 냄새가 실려 왔다. 가을이었다.

언제부터인지 모르게, 어느 틈엔가 사르륵 다가온 계절.

"많이 늦었는데 집, 같이 가자."

운경이 먼저 말했다. 인하는 "그래!"하는 표시로 고개를 크게 끄덕였다. 그렇게 둘은 천천히 교회 골목을 빠져나왔다. 거리는 조용했고 노르스름한 가로등 불빛이 군데군데 툭툭 떨어지면서 둘의 그림자는 재미있는 모양으로 나란히 늘어졌다.

길을 걷는데 어색한 침묵이 흘렀다. 운경이 인하를 옆으로 본 후 다시 앞을 봤다. 그리고 조심스럽게 말을 꺼냈다.

"요즘… 너, 좀 힘들어 보여."

"그래? 응, 집안일이 좀 많아서."

"외할머니, 많이 편찮으시다며."

"응."

짧은 질문과 대답. 하지만 그 속엔 많은 말들이 숨어 있다. 운경은 더 묻지 않았다. 대신, 본인의 바지 주머니에 손을 넣은 채 옆에서 함께 걸을 뿐이다. 둘의 팔은 가까웠지만 닿지 않았고, 말은 오갔지만 길지 않았다.

그런데도 이상하게 마음이 따뜻했다. 운경과 함께 걷고 있다는 사실만으로도 오늘 하루가 조금은 덜 고단한 것 같다. 인하의 집 아파트 단지로 들어가기 전 쇼핑몰을 막 지날 때였다. 쇼핑몰 1층에 있는 레코드 가게에서 음악이 엄청 크게 흘렀다.

별말 하지 않고 걷던 인하가 눈이 두 배로 커지는 동시에 "앗!" 하고 반색하면서 자리에서 펄쩍 뛰었다. 인하가 얼마나 높게 뛰었는지 운경이 깜짝 놀라 바지 주머니에서 손을 빼고 인하를 쳐다봤다. 조금 전 할머니 이야기를 하던 인하와 지금의 인하가 같은 사람인지 놀랍다는 표정 같았다.

레코드 가게에서 신나게 흘러나오는 곡은 '레이프 가렛'의 'I was made for dancing'이다. 레코드 가게 통유리에는 '레이프 가렛'의 포스터가 화려하게 붙었다. 인하는 노래를 들으면서 동시에 '레이프 가렛' 포스터를 보다가 통유리를 뚫고 들어갈 것 같다.

"인하 너, 레이프 가렛 좋아해?"

"어, 그런데 너, 레이프 가렛 알아?"

"당연하지. 세계에서 제일 유명한 하이틴 스타였는데."

"와, 너 많이 아는구나! 사실 나 록 마니아고, 팝송도 엄청나게 좋아하거든."

“나도 록 좋아해.”

“진짜? 와, 와, 너무 반갑다!”

“뭐가 반가워?”

“록 좋아하는 동갑 만났잖아.”

한 톤 높은 톤으로 흥분해서 말하는 인하에게 운경은 빠짐없이 차분하게 답해주면서도 인하 얼굴에서 눈을 떼지 못했다. 눈이 반짝반짝 빛나며 생기가 도는 인하 표정과 눈을 한참 보던 운경은 씩 웃었다. 인하는 ‘레이프 가렛’ 포스터를 보느라 운경의 얼굴은 대충 보는 것 같은데도 들떠 있는 게 훤히 보였다.

“정인하가 이렇게 수다쟁이였나? 오늘 처음 알았네, 나는.”

운경은 인하 뒤통수에 대고 말을 툭 던졌다. 통유리에 매달려 있던 인하가 그제야 뒤돌아서 운경을 보더니 민망한 듯 흐흐흐 웃었다.

“그런가? 음악 얘기 나올 때만 그래! 너도 좋아한다니까 더 좋네?”

“네가 좋다니 나도 좋네.”

‘레이프 가렛’의 노래가 끝났다. 인하는 아쉬운지 ‘레이프 가렛’의 포스터를 한 번 더 본 후 아파트 단지 쪽으로 괜히 빠르게 발

걸음을 옮겼다. 운경은 바지 주머니에 다시 손을 넣고 긴 다리로 성큼성큼 인하 뒤를 따라오다가 옆으로 나란히 서서 걸었다,

"나 초등학교 4학년 때 AFKN에서 '레이프 가렛'을 봤거든? 정말 반했잖아. 팝스타 보려고 AFKN 자주 보는데, 어떤 날 '레이프 가렛'을 딱 본 거야."

"나도 AFKN 종종 보는데. 영어는 못 알아듣지만. 흐흐흐."

"너 혹시 만화 캔디 캔디 알아?"

"알지."

"와~캔디도 알아?"

"그것도 너무 유명한 만화책이잖아."

"넌 정말 모르는 게 없구나!"

"넌 더 많이 알잖아."

"아, 진짜? 고마워. 너는 칭찬을 참 잘 해준다, 운경아."

"너는 고맙다는 말을 잘하잖아. 하하하!"

"아무튼 그래, 운경아. '레이프 가렛'이 캔디에 나오는 테리우스 실사판이라고. 눈부신 금발과 하얀 피부 그리고 잘생긴 얼굴까지!"

"캔디 좋아하는 남자들 더 있잖아, 왜. 그 누구더라? 어…스테

아, 그래! 안경 쓰고 성격 좋은 발명왕 스테아. 그리고 어…고상
하면서 좀 차가운 것 같은 누구지? 아, 그래! 아치! 앤이 좋아하는
아치."

"와! 운경이 캔디 내용을 정말 잘 아는구나! 너무 좋다 진짜! 너
처럼 캔디 아는 남자애 난생처음 본다."

하긴 록을 좋아한다는 말까지는 그렇다 쳐도 '캔디'를 이렇게
잘 아는 남학생이 있을까 싶다. 놀라움의 연속이다.

"야, 내 동생이 캔디 왕 팬이다. 하도 난리 쳐서 좀 봤다 나도.
흐흐흐."

"그렇구나. 동생은 누구 좋아해?"

"내 동생은 안소니 좋아하더라. 장미 정원 왕자님."

"그래! 안소니도 정말 멋지지!"

"그러니까 운경아, 테리우스 실사판이 바로 '레이프 가렛'이라
니까?"

"하긴, 남자가 봐도 멋지더라. 예전에 내한 공연 오지 않았나?"

"그러니까! 나 5학년 때인가? 남산 숭의음악당에서 내한 공연
했잖아. 거기 갔던 언니들 쓰러지고, 뉴스에도 나고, 굉장했지."

"그래, 나도 뉴스하고 신문 본 기억 나."

“‘레이프 가렛’ 사진이 세계에서 제일 많이 팔린 사진이래. 그 ‘파라 포셋’ 수영복 사진 제외하고.”

“그렇구나. 파라 포셋 그 빨간색 수영복 입은 사진. 나도 있다!”

“진짜?”

“엉, 우리 아버지가 파라 포셋 좋아하셔서.”

“무서운 형사 아저씨도 ‘파라 포셋’을 좋아하시다니…그 사진 너무 매력적이야, ‘파라 포셋’. 시원하고 활짝 웃는 웃음이, 여느 여자배우들의 작은 웃음하고는 달라.”

“맞아, 나도 그 웃음 참 좋더라.”

“나중에 내가 좋아하는 록밴드나 팝가수 내한하면 꼭 가서 볼 거야. 진짜로! ‘레이프 가렛’ 내한 공연 때 간 언니들은 평생 행복할 걸 아마? 나도 그 감정 느끼고 싶어.”

“그때 같이 갔으면 좋겠다.”

“진짜? 그럼 나도 좋겠다. 나, 조용필 공연은 가 봤거든. 대단하지?”

“어, 진짜 대단하다. 나도 조용필 좋아하는데. 너도 “기도하는!” 하면 “와!” 그랬어?”

“응? 아~비련 말이구나! 그럼 당연한 거 아니야?. 나도 소리 질렸지. 정말 엄청난 함성이었다고!"

"너, 외국 가수만 좋아하는 줄 알았는데 국내 가수도 좋아하는구나."

"조용필이 좋아하는 국내 가수 1호야. 아직까진 국내 가수 명단에 조용필밖에 없다고. 공연도 나 아파서 병원에 입원해 있을 때 했는데, 의사한테 외출증 받아서 다녀왔다니까? 우리 언니가 보호자로 따라가고? 더 대단하지?"

"와~정인하 진짜 대단하네! 용감하다, 용감해!"

"운경아, 난 조용필 고향 주소도 달달 외웠다니까? '경기도 화성군 송산면 쌍정리 99' 아직도 외운다. LP 다 사서 머리맡에 두고 자고."

"인하야, 다시 말하지만 정말 대단하다."

운경은 인하에게 칭찬을 많이 했다. 평소에도 운경은 누구에게나 칭찬에 인색하지 않고 좋은 말 위주로 하지만, 인하는 오늘 아낌없이 칭찬받은 게, 마치 귀한 선물 받은 것처럼 뿌듯하고 행복했다.

둘이 처음으로 단둘이 걷는 밤, 설레고 벅찬 마음이 가득한 시간, 둘은 그중에서도 음악을 좋아하는 공통분모가 있다. 인하는 그래서 더욱 좋았다.

아파트 단지에 들어가기 전 마지막 블록이다. 가로등이 고장 나서 어두운 구간이다. 인하는 혼자 다닐 때 이 길 말고 좀 멀지만, 환한 길로 돌아서 간다.

"여기서부터는 골목이라 좀 어두워."

"괜찮아. 너랑 있으니까."

인하는 말하고 나서 깜짝 놀라 멈췄다. '아니, 방금…내가 무슨 말을 한 거지?'. 운경도 잠시 멈췄다. 그리고 서로 바라보다가 어색하게 웃었다. 베이지색 느낌의 가을바람이 불었다. 두 사람의 머리카락이 살짝 흔들리고, 두 사람의 '후우'하는 날숨이 공기 속에서 맞닿았다가 스르륵 흩어졌다.

바람이 유난히 부드러웠다. 인하의 마음이 부드러운 건지, 인하와 운경의 마음 거리가 부드러운 건지 아니면, 가을바람이 부드러운 건지 솔직히 잘 모르겠다. 낮의 열기는 어느새 사라지고, 코끝과 머리카락에 스치는 바람 끝에는 선선한 냄새가 묻어 있다.

"집 다와 간다 그치?" 운경이 먼저 입을 열었다. 인하는 고개를 끄덕이며 "응!"하고 말하고선 활짝 웃었다.

"우리 집 교회에서 좀 멀지?"

"괜찮아. 나, 걷는 거 좋아해."

레코드 가게 이후로 다시 침묵이 흘렀지만, 이제는 어색하지 않다.

"운경이 너는, 마음이 참 조용한 사람 같아."

"마음이 조용하다는 말, 처음 듣는다. 멋진 말인 것 같고. 좋은 말이지?"

"응, 아주 좋은 말이야. 상대방을 편안하게 해준다는 것과도 같아."

좋은 말이냐고 묻는 운경의 음성이 따뜻하게 느껴졌다. 어쩌면, 인하의 마음이 운경보다 앞서가고 있는 건지 모르겠다. 하늘엔 둥근 달이 떠 있고, 친절한 가을바람은 두 사람의 팔과 어깨를 스쳐 지나갔다. 인하는 갑자기 무언가를 기억해 두고 싶다고 생각했다.

이 밤공기의 냄새, 두 사람의 발소리, 그리고 나란히 걸으면서 와 닿는 표현할 수 없는 온기까지…….

인하의 아파트 동 앞에 있는 나무가 보였다. 넉넉하게 그늘을 만들어주고, 선선한 바람을 가득 안아 펼쳐주는 큰 나무. 인하와 운경은 그 나무 앞에 멈췄다.

“다 왔네.”

“고마워, 운경아. 덕분에 재밌게 왔어.”

“그러니까. ‘레이프 가렛’, ‘캔디’, 그리고 조용필 이야기도 하고.”

“네가 음악을 좋아해서 나는 정말 좋아. 정말로.”

“네가 좋다니 나는 더 좋다.”

인하와 운경은 서로의 얼굴을 가만히 쳐다봤다. 공기의 흐름이 두 사람에게 집중된 것 같다. 나뭇잎 한 장이 떨어져 바람에 나부끼다가 두 사람 사이로 춤을 추듯 지나갔다.

인하가 운경에게 이어폰 한쪽을 내밀었다. 그러고는 눈을 크게 떴다가 감으면서 동시에 코를 찡긋했다. 운경이 하얀 이를 드러내고 시원하게 웃으면서 왼쪽 귀에 이어폰을 꽂았다.

고은이, 이정란의 ‘사랑해요’ 도입부인 “떨어지는”의 서정적인 멜로디와 목소리가 두 사람의 귀에 은은하게 들렸다.

인하와 운경은 아무것도 시작하지 않았지만, 무언가가 이미 시작되고 있었다. 이 가을, 너와 걷는 길에서.

그 가을, 너와 걷던 길

# CHAPTER 7

# '86아시안게임 숨은 주역

인하가 중학교 3학년 여름 방학한 지 며칠 되지 않은 7월 말 정도에 과천으로 이사를 온 게 엊그제 같은데 어느새 고등학생이 되었다.

연합고사를 치르고, 합격 커트 라인을 수월하게 넘어서 다행히 좋은 여고에 합격했는데, 집에서 학교까지는 참 멀었다. 인하는 초등학교 2학년 때부터 버스를 타고 등교, 하교했다.

원래 어린 시절에는 대부분 동네에서 학교에 다니는데, 인하는 초등학교 2학년 2학기 때부터 외할머니와 생활하게 되어서 외할머니가 사는 동네로 이사를 갔다. 그 이후 집과 학교는 계속, 늘 멀었다. 이사를 워낙 자주 다녀서 더욱 그랬다.

경기도 과천에서 학교가 있는 용산까지 가려면 아침 여섯 시에는 버스를 타야 했다. 새벽 일찍부터 출근하는 사람들이 있어서 그래도 첫 차는 아니었다. 버스와 지하철을 부지런히 갈아타면서 학교에 도착하면 8시가 좀 안 되었는데, 오전 보충 수업이 8시부터 시작이라 아침에는 정말 너무 바빠서 정신이 하나도 없었다.

정규 수업이 끝나면 야간 자율학습이 밤 열 시에 끝나서 집에 오면 자정이 다 되었고, 다음날 등교 준비와 아침에 할 일 정리를 대부분 한 후 새벽 두 시 정도에 잠을 잘 수 있었다.

아침에도 외할머니 간호와 식사 준비, 빨래를 물에 담가 놓는 등 준비할 게 많아 새벽 네 시 오십 분에는 일어났다. 그래도 자기 전에 준비해 놓아서 이 정도에 일어난다.

하루에 세 시간을 못 자는 상황에서도 정하와 인하는 공부를 무척 잘했고, 학교생활도 원만하며 항상 깨끗하고 단정하게 옷을 입어서 선생님들과 학생들은 둘이 힘든 생활을 한다는 걸 잘 몰랐다.

어떤 날은 점심시간부터 5교시, 6교시 시간까지 외출증을 신청한 적도 있다. 이유는 아침에 외할머니를 챙겨 드리고 나왔는데, 가스 밸브를 잠그지 않은 것 같아서 불안했다.

인하가 사는 13평 아파트는 주방 문을 옆으로 열고 계단을 한 칸 내려가는 구조다. 혹시나 외할머니가 열까 봐 걸쇠를 밖에서 거는데 아무래도 가스 밸브도 안 잠그고 걸쇠도 안 건 것 같아 수업에 집중할 수 없었다.

담임선생님한테는 마지막 교시 준비물을 안 가져왔다고 말하고 집에 다녀왔는데 다행히 가스 밸브도 잠그고, 걸쇠도 잘 걸고 나온 거를 확인했다. 집에 다녀오고 나서야 담임선생님한테 다시 솔직하게 말했더니, "인하야, 매일 잠이 부족하고 그렇게 과로하면 나중에 나이 들어서 큰 병에 걸릴 수 있어. 어릴 때부터 피로가 차곡차곡 쌓이면 걷잡을 수가 없거든. 어떻게 방법을 좀 찾아봐야 하지 않겠니?"라면서 진심으로 걱정했다.

미남형에 성격도 말투도 친절해서 '인기 대빵'인 담임선생님은 그렇게 마음까지 친절했다.

고등학교 1학년 1학기 학급 임원은 학급 등수대로 뽑았는데, 인하는 7등이어서 학급 서기를 맡았다. 무엇이든 열심히 하는 인하는 친구들한테 이렇게 불렸다. "그 아담하고 얼굴 하얀, 무엇이든 열심히 하는 애!".

"우리 학교, 우리 학년이 1986년 9월 20일부터 10월 5일까지 서울에서 개최하는 제10회 아시안게임 식전 행사인 매스 게임 참가자가 되었다. 그래서 1학년, 2학년까지 좀 많은 시간을 연습 시간으로 쓰게 될 거야."

휜칠하게 큰 키에 갈색 뿔테 안경을 쓴 서른아홉 살 '인기 대빵 담임선생님'은 이어서 당부의 말을 했다.

"학력고사 공부에 전념하기에도 어려운데, 매스 게임 연습으로 아마 시간이 더욱 없고 힘들 거다. 그래도 국가의 큰 행사에 중요한 역할을 한다는 마음으로 용기 내기 바란다. 학교와 선생님들이 너희들 학력고사 준비에 차질 없도록 힘써 도울 테니 걱정하지 말고!"

고등학교 교육 자체가 '학력고사 당일 성적이 대학 합격 당락을 완전하게 결정하기 때문에' 그것에 맞춰야 했다. 그래서 원래 있는 체육 시간에도 보충 수업을 한다거나 개인 자습을 했다.

거기에 말은 '야간 자율 학습'이지만 거의 '야간 타율 학습'인 이 상황에서, 매스 게임 연습에 많은 시간과 체력을 쓴다는 건 사실, 학부모와 학생한테 현실적으로 곤란한 일인 건 맞았다.

대학별 본고사가 폐지되고 1982년부터 학력고사를 시행했는데, 합격을 결정하는 건 학력고사와 내신성적의 합산이지만 내신성적은 사실 영향이 크지 않았고 학력고사 성적이 중요해서 시험 당일 하루에 학생 인생이 걸려 있다.

하지만 국가의 일이라니 누구 한 명 불만 섞인 말을 하지 않았고, 웅성대지도 않았다. 뽑혔으니 그저 당연히 해야 하는 것으로 생각했고, 무엇보다 학력고사 걱정을 함께 하면서 힘써 돕겠다는 진심 어린 선생님 말씀이 가장 멋졌다.

인하는 여고를 다녔는데, 남고와 함께 연습했다. 그러니까 같은 공연에 출연하는 공연자였다. 연습은 각자 학교의 운동장에서는 일반적인 연습을 하고, 여고와 남고가 함께 맞추는 종합 연습은 체육관이 아닌, 종합운동장이나 외곽의 큰 운동장에서 이루어졌다.

여름 끝자락의 해는 여전히 뜨거웠고, 까끌까끌한 모래가 운동화 속으로 살금살금 들어왔다. 한 반에 육십 명 정도, 10반까지 있는 것도 두 학교가 같았다. 하얀 상의와 자주색 체육복 바지를 입은 여고 학생, 하얀 상의와 감색 체육복 바지를 입은 남고 학생 1,200여 명은, 가장 앞에 서서 깃발을 든 학생 뒤에 일렬로 줄지어 섰다.

"왼쪽으로 반 바퀴 돌고 오른손은 어깨높이! 하나, 둘!"

확성기에서 쩌렁쩌렁 울리는 '선글라스 강' 체육 선생님의 목소리에 따라 학생들의 움직임이 물결처럼 흔들렸다. 인하는 맨 뒤 줄에서 보라색 깃발을 들고 있다. 깃발 천이 바람에 펄럭일 때면 인하의 마음도 함께 펄럭이는 것 같다.

처음엔 팔이 저리고 허리도 아프고 연습 시간이 너무 힘들었지만, 점점 그 일상이 익숙해졌다. 주로 점심 먹고 5교시인 오후 시간부터 연습했는데, 점심시간이면 친구들과 도시락을 나눠 먹었다. 집안일을 잘하지 못하시는 어머니 대신, 인하와 정하는 스스로 도시락을 쌌는데 반찬은 늘 줄줄이 비엔나소시지였다.

줄줄이 비엔나소시지는 프라이팬에서 그냥 튀기기만 하면 되는 만만한 반찬이어서 거의 고정 반찬이었다. 그런데 오히려 반 친구들은 인하의 반찬에 지대한 관심이 있었다. 친구들은 각자 어머니가 직접 만들어 주신 갖가지 나물과 볶음김치, 달걀말이 등의 반찬을 싸 왔고 돌돌이 비엔나소시지를 반찬으로 싸서 오는 친구는 거의 없었다.

돌돌이 비엔나소시지 가격이 비싸서도 그랬고, 어머니들은 자식들에게 대부분 직접 만든 반찬을 먹이니까. 하지만 인하는 친구들 어머니가 만들어 주신 그 나물 반찬을 너무 먹고 싶었는데, 굳이 말하지 않아도 인하와 친구들의 마음이 통해서 반찬을 자주 바꿔 먹었다.

그러고 보니, 인하가 초등학생 때 학교 급식과 친구들의 도시락을 바꿔 먹은 적도 많았으니 도시락 교환 사건은 오래도록 이어진 이슈였다. 특히 급식으로 빵이 나오거나 자장면 등이 나오면 친구들은 환호했다. 흰 우유도 물론 인기가 많았다.

초등학교 때는 한 반에 학생이 칠십 명 조금 안 되었는데, 그중에서 급식을 먹는 열다섯 명 정도는 부러움의 대상이었다. 인하가 다니던 초등학교는 '급식 지정 학교'로 선정되어서 전국의 관심을 받았고, 급식비도 비싼 편이었다.

반면 인하는 집에서 어머니가 싸준 도시락을 먹는 친구들이 너무 부러웠다.

여고, 남고가 외부 경기장에서 종합 연습을 하는 날은 3교시 정도부터 연습하다가 점심시간에는 단체에서 주는 도시락을 먹었다. 손톱만 한 그늘이 간신히 있는 연습장 가장자리, 돗자리도 없이 콘크리트 바닥에 앉아 먹으면서도 뭐가 그리 즐거운지 인하와 친구들은 웃음이 끊이지 않았다.

하루는 연습 도중, 눈앞이 뿌옇게 흐려졌다. 어지럽고 속이 울렁거렸지만, 인하는 깃발을 내려놓지 않았다. 연습이 끝나고 자율학습까지 끝나는 시간은 밤 10시인데 인하는 유난히 많이 힘들었는지, 용산의 학교에서 집으로 돌아오는 지하철에서, 또 갈아탄 540번 버스 안에서도 유난히 졸았다.

540번 버스에서 손잡이를 잡고 꾸벅꾸벅 조는 인하의 가방끈을 누군가 두어 번 흔들었다. 머리 희끗희끗한 아주머니가 인하의 가방을 휙 잡아당겨서 본인 무릎에 올려놓고는 미소 지었다. 인하는 퍼뜩 잠이 깨서 "감, 감사합니다!"라고 말을 더듬으면서 꾸벅 인사했다.

어느 버스를 타든지 학생들의 무거운 가방을 들어주는 사람은 대부분 아주머니와 나이 많은 아저씨, 그리고 할머니였다.

지옥과도 같이 어둡고 슬펐던 독산동을 탈출할 때, 다른 세상에 온 듯, 싱그러운 공기를 만나게 해준 과천의 밤하늘에는 '검은 도화지에 맑은 노란색 별 그림'이 박힌 듯 별이 총총 떠 있다. 인하는 그 예쁜 별들 사이에 자신도 조금쯤은 빛나고 있길 바랐다.

토요일 저녁이다. 인하는 교회 고등부 모임이 끝나고 교회 친구들과 롯데리아에 갔다. 롯데리아는 생긴 지 얼마 안 되었지만, 학생들 사이에서는 꼭 가봐야 하는 곳이고 거기를 자주 가는 학생은 조금 으쓱대기도 했다.

인하와 친구 두 명은 청재킷 안에 하얀 면 티셔츠를 받쳐 입고 발목은 좁고 위로 갈수록 통이 커지는 청바지를 입었다. 청바지 길이는 양말목의 조금 위까지 보이도록 살짝 짧은 게 포인트다.

교회 고등부 모임에서 오늘 성가대 중창단 발표회가 있어서 중창단인 인하와 친구 두 명은 옷을 똑같이 입고 왔다.

"운경이가 누굴 만난대."

"하 운경 걔, 2반 민지랑 사귄다더라."

"에이, 아니야. 민지라는 애가 운경이 엄청나게 좋아해서 스스로 소문내고 다니는 거래!"

인하는 표정 없이 창밖을 바라봤다. 흐린 하늘인데 바람 한 점 없다니……. 꼭 인하 마음 같다. 경희의 말은 한 점 없는 바람 대신 인하의 마음을 훅 쓸고 지나갔다.

"아니야. 운경이도 민지를 꽤 좋아하는 것 같대."

"너무 잘 어울리지 않아? 민지는 귀엽고, 하 운경은 차분하고 멋지고. 안 그래. 인하야?"

인하는 아무 대답도 하지 못했다. 말끝을 감추고 고개는 두 번 끄덕였지만, 손끝이 서서히 차가워지는 걸 느꼈다. 다음 날 주일에 교회에서 마주친 운경은 평소처럼 조용히 웃었고, 똑같은 인사, 똑같은 걸음이었다.

하지만 인하는 쉽사리 웃음이 나오지 않았다.

'진짜 사귀는 거야?'

'아니면 그냥 헛소문이야?'

많은 생각이 인하의 머릿속을 휘젓고, 마음으로는 운경에게 질문했지만, 입에서는 한 마디도 나오지 않았다. 그런데 얼마쯤 뒤였을까, 인하에게도 한 남학생이 다가왔다. 말도 잘하고 다정했지만, 그 눈빛 어디에도 '하 운경'은 없다. 딱 한 번, 어쩔 수 없이 나간 분식집. 떡볶이를 집어 먹으며 웃고 있지만, 마음은 늘 뒤를 돌아보고 있다.

'혹시, 날 생각하긴 할까.'

그 순간, 분식집 길 건너 건널목에 서 있는 운경과 눈이 마주쳤다. 규명, 민지와 함께였다. 서로 다른 친구와 있지만 서로를 본 순간, 모든 소음이 사라진 듯했다. 운경의 눈빛에 말하지 못한 많은 말들이 고여 있다.

인하는 고개를 돌렸지만, 마음속 어딘가는 아직도 운경을 향해 자석처럼 기울어져 있다. 함께 걷던 그 가을밤 이후로.

그 가을, 너와 걷던 길

# CHAPTER 8

# 나의 사랑하는
# 기타리스트, 운경!

여름은 어느새 지나갔다. 인하의 하늘색 셔츠 깃 위로 바람이 스르륵 지나갈 때마다, 마음 한쪽도 서늘해졌다. 고등부 활동은 여전히 계속되었고, 주일마다 교회에서 마주하는 운경은, 여전히 조용한 미소로 인하의 하루에 스며들고 있다. 그러나 아쉽게도 그 감정은 마음에서 말로 움직이지 못했다.

서로에게 보내는 눈빛은 점점 깊어졌지만, 고백이라는 선을 넘지는 못했다.

운경은 늘 그랬다. 예배당에서 말없이 인하 옆에 앉았고, 웃을 때도 수줍어하면서 살짝 시선을 피했다. 인하 또한, 마음속 소란을 감추려 애썼다. 그 사이, 생각지도 않은 '운경과 관련한 다른 사람들'이 스쳐 지나가기 시작했다.

"운경이, 누가 소개팅 해 줬대."

"같이 학교 다니는 여자애래. 되게 예쁘다던데?"

"야, 그런데 하 운경은 정식으로 사귄 적 없잖아, 아무도. 안 그렇냐?"

"그렇지. 그냥 뭐, 만나기는 하지만 사귀지는 않는 거?"

"맞아. 만난다고 다 사귀는 건 아니지!"

그 소문은 대부분 오래 가지 않았지만, 인하의 마음에는 깊은 금이 갔다. 한편, 반대로 인하에게 다가오는 다른 남학생도 있었다. 이름은 승해. 교회에서 같은 반이었고, 씩씩한 말투, 적극적인 행동으로 여자, 남자 모든 친구 사이에서도 인기가 좀 있다.

승해는 어느 날 조심스럽게 말했다.

"다음 주 토요일 오후에 같이 영화 볼래?"

인하는 한참 망설이다가 고개를 끄덕였다. 인하 역시 그냥 만나는 거니까, 그리고 운경의 이야기에 그저, 아무렇지 않은 척하고 싶었으니까…….

경기도 과천에서 서울 종로까지 버스와 지하철을 탔고 승해가 대부분 이야기를 주도했다. 대화 자체는 지루하지도 않고 오히려 재미도 있다. 그런데 종로 영화관에 가서 영화표를 끊으려니 가까운 시간의 영화표는 매진되고, 이따 저녁 8시 표가 남았다.

"너무 늦겠지? 8시는?"

"응, 아무래도 그래."

승해는 무척 아쉬웠지만, 8시 영화를 보고 과천까지 가려면 너무 늦은 시간이 되는 건 맞다. 인하가 평일에 학교 자율학습이 끝나고 집에 가면 자정이 가깝지만. 그것과는 완전히 다른 문제다.

승해는 올려져 있는 영화 간판을 한 번 더 보고, 인하에게 영화관 앞의 제과점에 가자고 했다. 집까지 가려면 한참 걸리니 간단하게 먹을 수 있는 걸 먹자는 거였다. 베이지색 커튼이 깔끔하게 내려진 제과점에는 달콤한 내음을 풍기는 빵 포함 단팥죽도 판매했다. 인하는 단팥죽을 좋아해서 단팥죽을 주문하려는 순간, 승해가 말했다.

"인하 너, 단팥죽 좋아하지 않니?"

"어, 너 어떻게 알아?"

"한 달 전 교회 고등부 모임 때, 단팥죽 먹은 적 있잖아. 너 그때 두 개나 먹더라. 하하하!"

"맞아, 엄~청 좋아해. 사실 두 개도 부족했지!"

"오늘도 두 개 먹어. 내가 사줄게. 어차피 영화표 사야 할 돈이 남았으니까!"

"아냐, 괜찮아. 내가 사 먹을게."

인하는 단팥죽을 좋아한다는 걸 기억한 승해가 고마웠다. 그리고 미안했다. 승해의 진심이 어떤지는 아직 모르지만, 인하의 마음은 승해에게 전혀 가까이 닿지 않았으니까.

인하는 확실히 해야 하겠다고 마음먹었다. 그렇지 않고 어영부영 시간을 끌면, 승해가 힘들어질 테니까 말이다. 승해가 마음에 상처받는 건 원치 않는다. 제과점에서 '도시의 그림자'가 부르는 '이 어둠의 이 슬픔'이 흘렀다. 이 와중에도 여성 보컬의 목소리는 정말 멋있다.

서울 종로에 가서 영화를 보지 못하고 온 날 이후로 인하는 승해에게 형식적인 인사만 했고, 같은 고등부로서 공통적인 친분만 보였다. 굳이 직선적으로 말하는 것보다 그렇게 행동하면 승해가 인하의 마음을 알 것 같으니까…

그러나 그렇다고 해서 인하와 운경이 좀 더 가까워진 것도 아니고, 정식으로 사귀게 된 것도 아니다.

오히려 뭔가 더욱 멀어졌고, 운경도 인하에게 더 가까이 다가오지 않으면서 시간은 그렇게 흘렀다. 서로를 바라보면서도 반대로 외면해야 했던, 길고 조용한 가슴앓이는 막막한 답답함을 줬다.

“인하야, 오늘 운경이네 학교에서 크리스마스이브 공연한대!”

“이따 밤에 교회 가야 하잖아.”

“축제 잠깐 보고 곧장 교회로 가면 되지. 운경이도 참여한대.”

경희가 인하한테 운경의 학교로 구경 가자고 했다. 여기는 친구들이 대부분 동네나 아니면, 버스를 타도 두 정거장 정도의 거리에 있는 고등학교에 다닌다. 서울로 학교에 다니는 건 인하뿐이다.

인하는 그렇지 않아도 이 동네의 학교는 어떤지 궁금했는데, ‘자연스럽게 한번 가볼까?’라는 생각을 했다. 더군다나 운경의 학교다. 남자고등학교지만 크리스마스이브 축제라고 오늘 특별히 모두 들어갈 수 있단다.

경희와 교회 앞에서 만났다. 조금 전까지 싸락눈이더니 갑자기 함박눈이 내렸다. 앞이 안 보일 정도로 펑펑 내리는 눈을 그대로 맞으며 걷는 인하를 보면서 경희는 깔깔깔 웃었다.

“인하야! 너 눈사람 되겠다!”

“그러니까. 웬일이야 진짜!”

“잠깐만 인하야, 좀만 천천히 걸어봐!”

눈사람 되겠다며 신나게 웃던 경희가 가방에서 뭔가 주섬주섬 꺼냈다. 카메라다. 경희의 보물 1호인 ‘캐논 오토 보이 카메라’다. 경희는 인하한테 폼을 딱 잡고 천천히 걸으라고 했다. 그러더니 앞으로 막 뛰어가서 인하 쪽으로 몸을 돌려 오른손을 빙글빙글 돌렸다. 마치 카메라 감독처럼.

“어우 야, 어떻게 폼을 잡아?”

“넌 그냥 천천히 걸어 오면 돼. 아! 점퍼 주머니에 손을 넣고 걸어 봐!”

어색해하면서 로봇처럼 서 있던 인하는 경희 말대로 점퍼 주머니에 손을 넣고 천천히 걸었다. 함박눈이 눈을 잘 못 뜰 정도로 인하 몸에 마구 날렸다. 눈을 어정쩡하게 감고 몇 걸음 걷던 인하는 순간 마음이 뻥 뚫리는 것처럼 시원했다.

경희는 폼 좀 내고 천천히 걸으라는 지시를 잘 따르던 인하를 열심히 찍었다. 그러다 인하가 “와하하!”하고 웃자, 경희는 사진 찍는 걸 멈추고 인하를 쳐다봤다.

“야, 정 인하, 너 왜 그래. 눈 때문에 이상해진 것 아니냐?”

"응? 아니, 그게 아니고 경희야, 마음이 막 뻥 뚫리는 것 같아. 왜 그런지는 모르겠는데 나한테 쏟아지는 이 눈이 너무 시원해!"

정말 그랬다. 코끝이 쨍 얼 정도로 추운 날씨지만, 숨결에 닿는 공기가 한여름에 마시는 '얼음 꽉 채운 오렌지 주스'처럼 청량하고 시원했다. 경희의 지시대로 여전히 점퍼 주머니에 손을 넣은 인하는 이제 활짝 웃으면서 성큼성큼 걸었다.

"인하야! 너무 이쁘다, 너무 이쁘게 나와!"

경희의 앵글 안에 함박눈을 털코트로 입은, 천사와도 같은 인하의 행복한 얼굴이 가득 담겼다. 붉은색과 검은색이 섞인 야구 점퍼와 선명하게 구분되는 하얀 눈, 하늘이 보이지 않을 정도로 그렇게 꿈결과도 같은 하얀 눈이 계속 내렸다.

남동 고등학교 강당이다. 경희 말로는 남동 고등학교 강당이 과천에 있는 다른 고등학교 강당보다 많이 크다는데, 둘러보니

약 2천 명은 거뜬히 들어갈 만한 크기인 것 같다.

대부분의 학교는 강당이 작아 운동장에서 행사하고, 중요한 행사 때는 강당에 몇백 명만 들어오는데 학교 자체가 큰 것 같다. 사립 고등학교라고 했다.

한 학년이 10반인 경우 600명이 훌쩍 넘으니까 아마도 1, 2, 3학년 전체 학생이 조회나 각종 프로그램을 할 수 있도록 크기를 정한 게 아닐까 한다. 인하의 학교 강당이 남동 고등학교 크기와 비슷하고 실내 구조와 커튼 색상도 비슷해서 뭔가 익숙하고 편안했다. 인하의 학교 역시 사립 고등학교다.

남자 중창단은 여자 중창단과 목소리와 톤 자체가 다르니 같은 곡이라도 다르게 들려 색달랐다. 학교 합창부의 중창단 알토 파트인 인하는 더욱 귀 기울여 중창단의 노래를 들었다.

클래식 기타반의 합주, 합기도 시범 등 다채로운 순서가 지나가고 드디어 운경의 순서인 것 같다. 'N.D 록 밴드'. 남동 고등학교 록 밴드의 이름이다.

"그런데 운경이가 학교 록 밴드야?"

인하가 경희한테 작은 목소리로 물었다.

"엉, 운경이 기타리스트잖아. 'ND 록 밴드 기타리스트'."

"그랬구나. 난 운경이 기타 치는 줄 몰랐어."

"아참, 인하 너도 기타 치잖아."

"응, 나는 통기타만 쭉 치다가 일렉 기타는 중학교 3학년부터 쳤어."

"이야~ 멋지다. 우리 교회 고등부 기타리스트들!"

'그렇구나. 운경이가 기타도 치고. 역시 음악을 좋아하는구나…'

인하는 레코드 가게 앞에서 운경과 나누었던 대화가 떠올라서 다시금 마음이 벅찼다. 같은 것을 좋아하는 것, 그런 사람을 만난다는 건 얼마나 어렵고도 기쁜 일인가.

강당에 있는 여학생들이 웅성댔다. 인하가 생각에 잠겨 있다가 무대를 보니 'N.D 록 밴드'가 나왔다. 가장 뒤에 운경이가 보였다. 인하의 심장이 조금 빨리 뛰었다. 흰 면 티셔츠에 흰 바지, 검은색 가죽점퍼 그리고, 스카프처럼 가볍게 한 번만 두른 검은색 넥타이.

뭔가 굉장히 낯익은 옷차림이다. 운경이는 스탠드 마이크 앞에 서서 기타를 연주했다. 멤버 모두 스탠드 마이크 앞에 서서 보컬의 노래에 코러스를 입혔다. 드럼, 키보드, 베이스 기타, 리드 기타, 리듬 기타가 있다.

조용필의 '자존심'이다. 국악과 하드록이 결합한 곡이라 연주도 노래도 어려운 곡인데 놀라울 정도로 잘했다. 인하가 인생 첫 번째로 좋아한 국내 가수 조용필의 노래를 운경이가 연주하다니!

연주와 노래가 끝나자, 관객들이 강당이 떠나가라 손뼉을 쳤다. 운경 쪽 조명이 조금 환하게 켜졌다. 경희가 "인하야, 운경이 노래도 하려나 봐!"라고 인하에게 소곤댔다. '운경이가 노래를?'.

키보드의 전주 다섯 음인 "빰빰빠바밤"이 울려 퍼졌다. '어? 이건?' 인하의 심장이 아까보다 더 요동쳤다. 아, '레이프 가렛(Lief Garrett)'의 'I was made for dancing'이다.

운경이가 저렇게 노래를 잘 부르다니! 원래 알고 있다던 경희도 놀랐지만, 인하는 충격 그 자체였다. 운경이 일렉 기타를 치는 '록 밴드' 멤버인 것부터 놀라운데, 노래까지 잘하다니!

인하는 전주부터 이미 심장이 터질 것 같은데 운경의 노래와 기타가 어우러지자, 강당 지붕이 빙빙 돌 정도로 꿈꾸는 것 같았다. 강당이 '매디슨 스퀘어 가든(Madison Square Garden)'이라는 착각이 들었다.

미국 뉴욕에 있는, 농구경기장으로 유명하지만 엄청난 록 밴드의 공연이 펼쳐지는 곳 말이다.

인하는 운경을 뚫어지게 보다가 박수를 '탁' 쳤다. 옷이 뭔가 익숙하다고 했더니 바로 그때 레코드 가게에 붙어 있던 '레이프 가렛'의 포스터, '레이프 가렛'의 의상이다. 인하가 통유리를 뚫을 것처럼 보던 포스터 말이다.

운경이 록 밴드의 기타리스트인 것부터 놀랐고, 노래를 잘 불러서 놀랐고, '레이프 가렛'의 노래를 불러서 더 놀랐다. 그리고 '레이프 가렛'의 의상과 똑같이 입어서 완전히 놀랐다.

운경은 인하와 함께했던 레코드 가게 앞에서의 대화와 '레이프 가렛'의 의상, 곡 모두를 기억했다는 것 아닌가…그러고 보니 첫 번째 곡인 조용필의 '자존심'도 인하가 좋아하는 가수의 곡이라서 했을까?

운경은 인하가 중학교 1학년 때 조용필 공연에 가서 울고 왔다는 이야기를 기억했을까? 만약 그랬다면, 정말 감동이다.

'I was made for dancing'을 부를 때 하는 '레이프 가렛'의 퍼포먼스를 똑같이 재현하면서 노래하고 일렉 기타를 치는 운경은 '테리우스 그 자체'였다. 인하가 운경한테 "레이프 가렛은 테리우스 실사판이라고!" 말했는데 이 순간만큼은 운경이 '테리우스 실사판' 그 자체였다.

# CHAPTER 9

# 영롱한 크리스마스이브

인하는 공연의 벅찬 여운을 마음 가득 안고 집에 왔다. 경희와는 이따가 교회 고등부 예배실에서 만나기로 했다. 정하는 친구들과 있을 것이고 아마 곧장 교회로 올 것이다.

어머니는 학생들 수업을 마치면 밤 9시 넘어 들어올 텐데, 내일 오전 11시 대예배 시간에 올 것이다. 인하와 정하는 '크리스마스 이브 올라이트'라고 해서 교회 중등부, 고등부, 대학부, 청년부 등 학생들이 각 부서에서 크리스마스 행사를 하고, 성경 공부도 하고, 소소한 게임도 하고, 식사도 하는 등 친목의 시간을 갖는다.

인하는 외할머니의 이부자리를 봐주고, 따뜻한 '두부 백미 죽'을 끓여 참기름과 깨소금, 그리고 소금 한 꼬집을 넣어 숟가락으로 천천히 섞었다. 어머니가 오면 외할머니께 바로 내놓을 수 있도록. 물론 어머니의 저녁밥도 따로 차려서 주방에 있는 밥상에 올려놓았다.

"할머니, 나 교회 다녀올게. 좀 이따 엄마 올 거야."

"인하, 밥 먹었니?"

“응, 교회 가서 먹으면 돼. 할머니, 염려 마세요.”

잠깐 온전한 정신으로 돌아온 외할머니는 바로 인하의 밥 안부부터 물었다. 옛날 인하가 아주 어렸을 때 어머니, 인하, 정하가 외할머니 댁에 들르면, 만사 제쳐두고 동태찌개를 해 주셨는데 세상에서 최고로 맛있는 동태찌개였다. 동태찌개는 어머니가 가장 좋아하는 요리다.

“할머니, 옛날에 해주던 동태찌개 생각 나? 검은색 가마솥에 끓인.”

“동태찌개? 아무렴, 생각나지.”

“내일 와서 내가 동태찌개 끓여 줄게.”

“응, 네가? 네가 어떻게 끓여?”

“할머니가 동태찌개 끓여 줄 때마다 늘 옆에서 봐서 좀 알아.”

“그래? 우리 인하가 똑똑하네.”

“그리고 할머니가 직접 만들어서 해주던 칼국수도 해줄게. 알았지? 걱정하지 말고 항상 마음 편하게 있어, 내가 할머니 지켜줄 거니까.”

인하가 초등학교 3학년 때 머리를 크게 다쳐서 수술하고 왔을 때도, 치료 기간 자리에 누워 있을 때도, 외할머니가 반죽한 밀가

루를 밀대로 쓱쓱 밀 때도, 펄펄 끓는 검은색 가마솥 뚜껑을 열고 서는 국자로 동태찌개 국물을 조금 떠서 맛을 볼 때도, 인하는 늘 외할머니 옆에 있었다.

외할머니는 항상 부재중인 아버지 때문에 고생하는 어머니와 인하, 정하를 사시사철 초록의 소나무처럼 그렇게 한결같이 지켜 줬다.

인하는 조그맣고 야윈 외할머니를 안았다. 세게 안으면 곧 부서질 것 같아 조심스럽게 안았다. 인하가 나가면 외할머니는 온전한 정신에서 다시 치매 증상으로 돌아올 것이다. 하루에도 수십 번 그러니까…….

겨울인데도 녹색의 싱그러운 키 큰 화분이 많은, 아기자기한 작은 정원이 있는 교회 로비다. 자연과 세련됨이 편안하게 어우러져 인하가 가장 좋아하는 장소이다.

교회 로비 의자에 가만히 앉아 있는 인하 옆의 옆 의자에, 고등부 홍석이 할아버지처럼 "에헴!"하고 소리 내면서 앉았다. "나 여기 앉아도 되냐?"라는 홍석만의 표현이다. 동시에 주머니에서 노란색 쫀드기 한 개를 꺼내 인하에게 건넸다. 노란색 쫀드기는 쫀드기 중에서도 인하가 좋아하는 쫀드기다.

"인하야, 너 계속 그렇게 있다가는 네가 너무 힘들어진다."

홍석이도 쫀드기를 쭉 찢어서 씹다가 꿀꺽 삼켰다. 고등부 성가대를 같이 하는 홍석은 고등학교 3학년인데, 성격이 활발하고 리더십이 있어서 학생들이 잘 따랐고, 장난기가 많고 행동이 빨라 늘 뛰어다녔다. 별명이 '날쌘돌이'다.

인하는 운경과 조금 이상하고 답답한 관계와 집에서의 막중한 책임감, 늘 피로한 생활 등으로 요즘 교회에서 말을 거의 하지 않고 우울감에 빠져있다. 이제는 그 고민의 수렁에서 나와야 한다는 걸 잘 알면서도 그게 쉽지 않았다.

"네가 여러 가지 고민이 있을 거야. 오빠가 굳이 묻진 않을게. 누구한테나 내 고민이 가장 힘드니까. 그런데 냉정하게 보면 그건 네 사정일 수 있거든? 아이들이 네가 평소와 다른 걸 처음에는 이해하고 곁을 비켜주지만, 그게 오래 갈수록 애들이 널 이상하게 생각하고 원래의 너를 잊을 수 있어.”

“나도 그렇게 생각해. 그런데 생각처럼 잘 안되네, 오빠. 나도 이런 내가 마음에 안 들어.”

“네가 좋아하는 것으로 동기부여를 만들어 보는 게 좋을 것 같아, 오빠 생각에는. 왜 사람이 무기력할 때 각자 자기가 좋아하는 것을 하면 용기가 나잖아. 너, 인하가 가장 좋아하는 것, 그걸 함으로써 나만의 동기부여가 되는 것 말이야.”

‘나만의 동기부여…내가 가장 좋아하는 것……’

“성가대 연습, 20분 뒤부터다! 쫀드기 먹어 인마!”

홍석은 평소 장난기가 많아 심각한 얘기를 잘 하지 않는 편이다. 홍석의 성격으로는 이런 얘기가 쉽지 않았을 텐데, 부담이 있을 텐데, 인하를 위해 쉽지 않은 걸 해준 홍석이 고마웠다.

아무리 친하다고 해도 어쨌든 남이고, 귀찮아서라도 무시할 수 있는 건데 관심을 가지고 걱정해 준다는 건 쉬운 일이 아니다. 별명처럼 복도를 가로질러 날쌔게 뛰어가는 홍석의 모습에, 인하는 마음이 한결 편안했다.

크리스마스이브 예배가 끝나고 부서마다 올 라이트를 했다. 초등부는 따로 하고 중등부, 고등부는 함께, 대학부와 청년부는 함께 친목의 시간을 가졌다. 부서 예배실 벽 쪽까지 의자를 동그랗게 만들고 중앙에는 전도사님이 재밌는 각종 게임을 진행하고, 맛있는 간식을 먹고 서로를 위해 기도하며 찬양을 불렀다.

크리스마스 당일로 넘어가는 새벽에는 새벽 송을 돌았다. 초등부, 중등부, 고등부, 대학부, 청년부 중에서 각각 네 명씩 뽑아 전도사님까지 총 스물한 명을 만들었다. '날쌘돌이' 홍석이 통기타를 메고, 모두 산타클로스 모자를 쓰고선 선물을 가득 넣은 베이지색 포대 자루를 각자 등에 메거나 대각선으로 멨다.

노란 촛불 전등을 들고 잔잔하게 찬양을 부르면서, 그 가정에서 누군가 나오면, 찹쌀떡과 사탕을 한 봉지씩 정성스럽게 포장한 선물을 나눠 줬다. 찬양 부를 때 나오는 하얀 입김이 노란 촛불 전등과 만나 신비한 빛 그림자를 만들었다.

새벽 송을 다 돌고 국밥집에 들어 온 스물한 명은, 크리스마스이브에 술을 많이 마시고 해장하러 온 아저씨들 옆에서 뜨끈한 국밥을 맛있게도 먹었다. 인하는 국밥을 먹으면서 '앞으로 잊지 못할 국밥이 될 것 같아. 진짜 맛있어!'라고 생각했다. 이 시간, 이 느낌이 더해진 국밥은 앞으로도 없을 테니까.

크리스마스이브 올 라이트를 하고 새벽 송을 돌고 뜨거운 국밥까지 먹었으니, 예배 때는 다들 병 든 닭처럼 꾸벅꾸벅 졸았다. 늘 그렇지만, 크리스마스이브부터 크리스마스 당일 새벽까지 쌩쌩하다가 정작 성탄 대예배 때는 조느라 바쁘다. 참 한결같다.

"자, 저렇게 졸면서도 예배당 맨 앞자리에 앉아 예배드리는 중·고등부 아주 예뻐요!"라는 담임목사님의 말씀이 민망했지만, 야속하게 자장가처럼 들렸다. 하지만 목사님 말은 진심이었고, 해가 바뀌어도 변함없는 '병든 닭 학생들'의 맨 앞자리 사수도 진심이었다.

# CHAPTER 10

# 이사,
# 그리고 인사 없는 이별

인하가 엎드린 책상의 라디오에서는 MBC 라디오 <별이 빛나는 밤에>의 따뜻한 이야기가 작은 방 안을 가득 감쌌다. '들국화'의 '사랑한 후에'가 흘렀고, 인하는 라디오의 카세트테이프 녹음 버튼을 꾹 눌렀다.

안방에서는 어머니한테 볼 일이 있어 잠깐 들른 교회 권사님이 보고 있는 MBC 드라마, <사랑과 야망>의 주인공인 미자(차화연 분)의 대사가 들렸다. 1년 내내 최고 시청률을 기록하고 있는 <사랑과 야망>은 인하도 좋아하는 드라마인데, 겨울이 오면 드라마는 끝날 것 같다.

2주 전에 외할머니가 돌아가셨다. 집에는 라디오와 TV 소리만 들릴 뿐 사람 목소리는 잘 들리지 않았다. 어머니도, 인하도, 정하도, 온몸의 에너지가 다 소진된 듯 무표정한 얼굴로 각자의 일을 묵묵히 했다.

지금 사는 13평 아파트의 명의는 막내 외삼촌이었기 때문에 어머니는 권리가 없다. 치매에 걸린 외할머니를 어머니에게 맡기고 3년이 좀 넘는 기간 동안 찾아오지도 않던 외가 식구들은 외할머니의 장례식 때 목 놓아 울었다. 하지만 어머니와 인하, 정하는 눈물이 마른 듯 울지 않았고 그런 세 모녀를 보고 사람들은 수군거렸다.

세 모녀는 장례가 끝나고 집에 돌아와서야 눈물이 터졌다. 누구랄 것도 없이 외할머니 방에 엎드려 얼마나 울었는지 기억이 나지 않을 정도로 울다 지쳐 잠들었다.

치매 환자의 간병을 각 가정에만 맡기지 말고, 국가에서 도움 주는 제도를 만들었으면 하는 '미래에 대한 마음'이 너무나 절실했던 3년이 넘는 기간이었다. 치매 환자가 있으면 가족의 모든 생활은 정지되고, 간병하는 가족마저 생계가 곤란해지고 환자가 될 수 있다는 걸 뼈저리게 깨달았던, 슬프고 힘든 기간이었다.

그래서 더욱 아쉽고 마음 아팠다. 국가가 돕고, 누군가가 돕는다면 치매 환자의 가족은 환자를 더욱 잘 돌볼 수 있을 텐데 하는 아쉬움 말이다. 주위에서는 헌신적이고 착한 세 모녀라고 했지만, 외할머니가 돌아가시니 못 한 것만 생각나 더욱 괴로웠다.

외가 식구들은 외할머니의 장례가 끝나자마자 부동산에 아파트를 서둘러 내놓았다. 인하는 혼란스러웠다. 착한 어머니를 이용하는, 핏줄이라는 그 어른들의 잔인함에 실망했고, 분노의 감정까지 느꼈다. 다음 달 말까지 아파트를 비워달라는 부동산의 연락을 받은 어머니는 마음이 급해졌다.

앞으로 남은 기간은 한 달. 두 딸과 함께 살아야 할 작은 방 한 칸 구할 돈밖에 없었기 때문에 더욱 그랬다. 그리고 일도 더 구해야 했다. 어머니는 공무원을 하다가, 아버지의 거듭된 사업 실패 뒤치다꺼리 때문에 어쩔 수 없이 일을 관두게 되었는데, 채권자들이 매일 같이 직장 앞으로 찾아와서 제대로 일할 수 없게 되어 강제로 관둔 게 맞다 하겠다.

어머니는 직장에서 하도 시달림을 당한 세월이 길어서 아예 다른 직업군으로 바꿔 초등학생과 중학생들을 모아 그룹 과외를 했는데, 워낙 잘 가르치니 입소문이 나서 그룹 과외를 몇 개씩 했다.

어머니는 외할머니를 책임져야 해서 언제라도 뛰어올 수 있어야 하니까 일을 선택하는데 제한도 많았다. 하지만 또 이사 가야 하니, 과천에서 하는 과외는 못 하고 이사 갈 동네 쪽에 그룹 과외를 구해야 하므로 어머니는 벌써 바빴다.

점심 이후 시간부터 밤늦은 시간까지 너무 바쁜 어머니는 기존에 있던 병 말고도 몇 가지 병이 새롭게 생겨 투병하면서 생계를 책임졌다. 그렇지만 어머니는 교육과 신앙에 있어서 매우 단호하고 확실한 가치관으로 어려운 환경을 강철과도 같이 끌어 나갔다.

인하는 이런 상황을 운경에게 말하지 못했다. 알릴 마음의 여유도 없었고, 어디서부터 어떻게 설명해야 할지도 몰랐고, 또 어떻게 작별을 말할지도 몰랐다. 그리고 중요한 건 인하와 운경은 사귀는 사이도 아니었다. 여전히 이상하고 답답한 관계를 유지한 채 고등학교 3학년을 지나고 있었다.

이삿날 아침 일찍 인하는 마지막 인사를 하듯, 교회 앞에 가 우두커니 서서 고개를 들어 황금색의 교회 종탑을 오래도록 바라봤다.

중학교 3학년 가을의 그날 이후, 인하는 오랫동안 그 계절에 머물렀다. 1987년의 가을 공기 속에 남은, 말하지 못한 설렘의 흔적들 속에 코앞에 바짝 다가온 겨울은 차가웠지만, 오래도록 기억날 것 같다.

1988년 5월. 서울 강남구 도곡동이다. 저녁 8시. 방 안은 아직 희끄무레했고, 난방 대신 얇은 전기장판이 방구석을 데우고 있다. 깊은 지하방이라 아직도 좀 쌀쌀했다.

인하는 바닥에서 부스스 일어나 가장 먼저 책상 앞에 앉았다. 전날 펴둔 수학 문제집 위로 푸르스름한 형광등 빛이 비쳤다. 오늘은 학원 수업이 좀 일찍 끝나 집에 온 인하는 라디오를 켰다.

라디오를 켜자마자 '척 맨지오니(Chuck Mangione)'의 'Give It All You Got'이 흘렀다. <황인용의 영 팝스> 시그널이다. 시그널을 듣기만 해도 마음이 떨렸다.

오늘 첫 곡은 '이글스(Egles)'의 '호텔 캘리포니아(Hotel California)'다. 역사상 가장 멋진 기타 리프를 자랑하는 이 곡은 기타 부분에서 완전 코끼리 귀가 되어 라디오 속으로 빨려 들어갈 정도다.

요즘은 AFKN의 Eagle FM에서 매주 토요일 네 시간에 걸쳐 방송하는, 주간 팝 순위 프로그램 'American Top 40 (AT40)'을 들으면서 공부하는데, 인하는 조용한 가운데 하는 것보다 음악을 들으면서 공부하면 더욱 잘 된다.

"인하야, 미역 줄기 볶아놓았어. 밥이랑 먹어. 엄마 옆집 수원이 공부 좀 잠깐 봐주고 올게."

부엌에서 어머니 목소리가 들렸다. 어머니가 웬일로 미역줄기 볶음을 했다. 인하와 정하가 동시에 좋아하는 반찬인데, 평소에는 정하가 만든다.

외할머니 장례를 치르고 급작스럽게 서울 강남구 도곡동으로 온 후부터는 어머니가 아주 가끔 반찬을 만드는데 솔직히 맛은 좀 없다. 아주 옛날에는 요리를 잘 했다고 하는데 현재의 요리를 볼 때 그건 아닌 것 같다.

"오래 안 하면 다 잊어 버리는 것 같아. 특히 요리가 그렇더라."

맛은 있다고 말하지만, 인하와 정하의 표정을 보면 알 수 있으니까, 어머니는 민망해서 이렇게 말했다.

"맞아, 엄마. 그래도 이렇게라도 먹는 게 난 좋아. 누가 해주면 다 좋지. 흐흐흐."

"그래, 엄마가 늘 미안해. 그리고 인하야. 아직 기간 있으니까 너무 조급해하진 마."

"응."이라고 하면서 인하는 고개를 끄덕였다. '맛은 없지만 그래도 맛있는 희한한 미역줄기볶음'과 두부 된장찌개, 배추김치, 그리고 달걀부침을 먹었다.

TV 뉴스에서는 1988년 9월 17일 서울에서 개최하는 '1988 서울 올림픽' D-day를 확인하면서 '제24회 하계올림픽이자 아시아에서 개최하는 두 번째 하계올림픽'임을 강조하고 또 강조했다.

'세상은 새로운 축제를 준비하고, 나는 그 자리에서 벗어나지 못했다. 꼭 벗어나리라.'

인하는 지원했던 대학에 불합격하고, 재수를 선택했다. 담임선생님이 원서를 넣으라는 대학에 넣지 않고 조금 무리인 대학에 넣었던 게 원인이었다. 사실 똥고집이었다. 자존심을 버리지 못하고 현재의 성적을 인정하지 않았으니 당연한 결과였다.

사람들은 후기에 원서를 넣으라고 했지만, 인하는 '아예 마음을 다 내려놓고 처음부터 하자, 내 성적을 냉정하게 인정하고 내가 갈 수 있는데 가자. 그러나 후기에는 지원하지 않겠다.'라고 결정했다. 인하의 고집을 잘 아는 어머니는 더 이상 말하지 않고 인하에게 맡겼다.

아침 7시면 노량진에 있는 학원에 가기 위해 나갔다. 강의실에는 얼굴이 누렇게 뜬 재수생들이 빼곡하게 앉아 있다. 인생의 고민을 다 끌어안은 듯한 얼굴로 고개를 푹 숙인 친구들 사이에서 인하는 영어 듣기 문제를 풀며 한 글자, 한 문장에 자신의 시간을 담았다.

저녁은 편의점에서 삼각김밥과 쥬시쿨을 먹었다. 가장 저렴하고 좋았다. 편의점 바로 옆의 '구두 수선 가게' TV에서는 '미스코리아 선발대회'가 방영되었다. 진행자가 말하길 32회란다. 옆에서 함께 저녁을 먹던 윤경이 "벌써 32회란다. 미스코리아가!"라고 눈을 동그랗게 떴다.

"그렇네. 난 예전에 그 1977년도 미스코리아 진 김성희가 제일 이쁜 것 같아. 나 살던 동네에 살아서 더 친근했지."

"아! 나도 알아! 우리 초등학교 2학년 때 미스코리아 진!"

"인형처럼 예뻤잖아."

"맞아, 맞아! '매력~' 그 노래도 너무 예뻤어."

"이번 진은 어떨까?"

"그러니까. 김성희 말하다 보니 궁금하네?"

인하와 윤경은 편의점 테이블 의자에 앉아 저녁을 먹으면서도 몸의 위치는 왼쪽으로 돌아가 구두수선 가게 TV에 집중했다.

"제32회 미스코리아 경연대회 진의 영광은!"

"와~진 발표한다!"

"미스코리아 진의 영광은! 참가 번호 52번, 미스 서울 김성령!"

인하와 윤경은 눈이 두 배로 커졌다. 그러잖아도 김성희 얘기를 했는데, 깜짝 놀랄 정도로 아름다운 미스코리아 진이 등장했다.

"와! 예쁘다!"

"그러니까. 김성희 이후로 제일 예쁘다, 정말 예뻐!"

다른 참가자는 잘 입지 않는 연두색 드레스를 입고 서 있을 때부터 인하와 윤경은 "52번이 진 될 것 같지 않니?"라고 말했다. 인하는 우아한 화려함을 가진 제32회 미스코리아 진의 예쁨에 푹 빠졌다.

구두수선 가게 아저씨는 미스코리아 경연대회가 끝나니 가차 없이 TV를 껐다. 그러더니 언제 TV를 봤냐는 듯 하이힐 굽 수선에 정성을 쏟았다. 종종 보지만 구두수선 가게 아저씨는 일을 정말 열심히 하는 것 같다.

학원 수업이 모두 끝나고 버스정류장에 가는 길에 하늘을 보니 달이 높이 걸려 있다. 버스정류장에서 다른 버스를 타고 헤어지는 윤경이 인하에게 "도망치고 싶지 않냐?"라고 물어봤다.

"가끔은, 현실에서 도망치고 싶지 않니?"

"우리가 과연 도망갈 곳은 있을까? 사실 버티는 것보다 도망가는 게 쉬운 것 같다, 윤경아."

"그래, 인하야. 듣고 보니 네 말이 맞네. 도망가는 건 오히려 쉽고 무책임한 행동이지……."

물론 힘드니까 모든 걸 취합해서 은유적으로 말한 거겠지만, 재수하는 자체가 죄스러운 인하는 하루하루 '무조건 버티자!'라는 정신으로 지내려고 노력했다. '도망치는 것보다 도망치지 않고 버티는 게 더욱 힘든 거지…'라고 생각하면서.

버스정류장 가판대에서 '필 콜린스와 필립 베일리(Phil Collins and Philip Bailey)'의 'Easy Love'가 경쾌하게 흘렀다. 가판대 사장 아주머니는 나이가 50대 정도 되었는데 팝송 마니아여서 하루 종일 팝송을 듣는다고 했다.

덕분으로 인하는, 버스를 기다리며 좋아하는 음악을 들을 수 있어서 정말 좋았다. 어떨 때는 음악을 더 듣고 싶어 버스를 한 대 지나가게 할 때도 있는 건 비밀이다. 굳이 변명하자면 아주머니의 팝송 선곡 능력이 매우 뛰어나기 때문이라고 말할 수 있겠다.

인하는 대학에 합격했다. 고등학교 3학년 때 지원한 대학은 아니고, 담임선생님이 지원하라고 한 대학과 학과다. 이 학교도 커트 라인이 높아서 재수생 인하는 자신이 좀 없었다. 하지만 고등학교 3학년 때와 같은 어이없는 똥고집은 진작 내려놓았다.

인하는 대학에 합격하고 자신이 얼마나 어리석고 쓸데없이 고집이 셌는지 다시금 깨달았다. "난 직접 겪어봐야 알고, 그렇지 않으면 아무것도 안 믿어!"라는 사람을 가장 경멸하는데 인하 자신도 그것과 다를 게 없다는 반성을 재차 했다.

고등학교 3학년 담임을 오래 해서 입시 경험이 많은 담임선생님의 조언을 무시한 결과, 1년이라는 아까운 시간을 버렸으니 말이다. 만약 이번에도 입시에 실패했으면 어떻게 되었을까를 생각하면 아찔했다.

인하는 어머니에게 너무나 죄스러웠던 '버티기 1년'을 보상하기 위해 이런저런 계획을 구상했다. 재수와 아르바이트를 병행하겠다고 했을 때 어머니는, 공부에만 전념하라고, 일하면서 입시 공부하는 게 쉬운 일이 아니다, 아르바이트는 생각도 하지 말라고 했지만, 재수생을 지원하는 어려움을 잘 알기로 인하는 '버티기'를 하면서도 늘 가시방석이었다.

"인하야, 고등학생 때 외할머니를 돌보면서 학교 다니느라 너무 힘들었잖아. 그런데 재수생의 입시 생활은 정규 교육 생활과 또 달라. 정규 교육 때는 학교에서 거의 알아서 해주고 학생은 그대로 따르면 되지만 재수는, 모든 걸 스스로 해야 해서 완전히 다르거든. 엄마 돕겠다는 네 마음은 고맙지만, 그러다가 자칫 실패할 수 있어. 이번에는 되어야 너도 살아."

어머니는 인하에 대한 이해와 현실적인 냉정한 판단을 동시에 말했다. 감성과 이성이 효율적으로 섞인 어머니의 말에 동기부여가 되었는데, 어머니에게 더욱 죄스러웠지만 그 마음을 잠시 내려놓고 '버티는 게 하루하루 더해진 매일'이 좋은 결과를 가져온 셈이다.

대학에 입학하는 3월 2일이 되려면 두 달 정도 남았다. 인하는 아르바이트를 구했다. 첫 출근날이다. 버스에서 내려 건널목을 건너면 대학가로 가는 길이 있다.

대학가로 내려가는 길목에서는 책 서너 권을 한 팔에 끼고 다른 쪽 어깨에 인조가죽 가방을 멘, '청바지에 흰 운동화를 신은 대학생'들이 밝게 웃었다. 작은 건널목을 다시 건너, 분식집 앞을 지나가는데 '황치훈'의 '추억 속의 그대'가 들렸다. 분식집 옆 레코드 가게에서 들리는 노래다.

드라마 '호랑이 선생님'을 정말 재밌게 봤는데, 출연 배우인 황치훈은 비슷한 나이라서 또래한테 인기가 많았다. 아역배우 출신인 황치훈은 노래까지 잘 부르는 만능 연예인이다.

'대학 음악 카페'라고 간판이 보이고, 인하는 지하 1층으로 내려가는 계단을 천천히 밟고 내려갔다. 인하가 아르바이트하는 곳은 음악 카페다. 좀 더 자세히 말하면, 음악 카페 DJ 아르바이트이다.

손님의 사연을 읽어주고 따로 이야기도 하는 유명한 '신당동 떡볶이 DJ'와 같은 DJ는 아니다. 그렇게 많은 걸 해야 하는 DJ였다면 지원도 안 했을 것이다. 하고 싶어도 그렇게 멋지게 할 수 없다.

고즈넉한 음악 카페의 통유리로 된 DJ 부스 안에서 LP 플레이어 턴테이블에 LP를 걸어 팝송을 들려주는 게 인하의 역할이다. 물론 팝송 선곡은 온전히 인하의 몫이다. DJ 아르바이트가 하고 싶어서 면접을 봤을 때 음악 카페 사장은 너무 어린 학생이라서 안 된다고 했다. 그러면서 그래도 질문은 하겠다고 하면서 인하한테 '팝송에 관한 여러 질문'을 했다.

인하는 사장의 질문에 팝송 제목이나 가수 이름만 말하지 않고 그 곡의 히스토리를 함께 답했는데 그걸 듣는 사장의 표정이 '별로'에서 점점 '호감'으로 변화하는 게 여실히 보였다.

사실은 본인도 예전에 마이너 '록 밴드' 출신이고 음악다방 DJ를 했다고 하면서 본인도 엄청난 록 마니아라는 것을 살짝 귀띔했다. 어린 나이지만, 인하가 팝송을 정말 진지하게 좋아하는 것 같다면서 당장 출근하라고 했다.

인하를 뽑기 전에는 사장이 직접 DJ를 했는데, DJ 아르바이트생을 뽑는 이유는 명쾌하게 딱 한 가지라고 했다. '팝송을 정말 좋아하는 다른 사람의 선곡'을 듣고 싶다는 마음이 생겼다는 것. 인하는 반가웠다. 팝송을 이렇게나 진심으로 좋아하는 사람을 만나다니, 얼마 만인지 모르겠다.

인하는 애틋한 추억으로 점철된 과천을 떠나 서울로 다시 오면서 어릴 때부터 다닌 교회에 다시 왔다. '대학 음악 카페'는 교회가 있는 동네에 있다. 초등학교, 중학교 친구이자 교회 친구인 친구들이 종종 와서 인하가 틀어 주는 음악을 듣고 갔다.

커피를 마시면서 LP 플레이어에서 들리는 팝송과 록 음악을 들으며 두런두런 이야기 나누는 친구들을 보면 인하는 마음이 참 좋았다. 대부분 대학생이 되었지만, 처음 만났던 코흘리개 초등학교 1학년으로 보이는 건 신기했다. 아마 아저씨, 아줌마가 되어도 똑같이 보일 것 같다.

인하는 오늘의 1부 시간 선곡표를 다시 확인했다.


- '커팅 크루'의 'I Just Died In Your Arms'.

- 'USA For Africa'의 'We are the World'.

- '오퍼스(Opus)'의 'Live is Life'.

- '이글스'의 'Sad Cafe'.'.

- '영화 그리스'의 OST 'You're The One That I Want'.

- '밥 웰치(Bob Welch)'의 'Ebony Eyes'.

- '레이프 가렛(Leif Garrett)'의 'I Was Made for Dancing'.


인하는 곡을 올리기 전 곡에 대한 히스토리를 간단하게 들려줬다. 원래 아무런 멘트 없이 팝송만 틀어 주는 거였는데, 면접일에 크게 감동한 사장은 인하에게 히스토리 소개가 가능한 곡은 짧게라도 좀 소개해달라고 부탁했다.

어찌 보면 FM 라디오 팝송 프로그램에서 하는 방식인데, 게스트를 초대해서 사담을 나누는 프로그램보다는, DJ가 해당 팝송에 대해 재밌고 도움 되는 이야기를 해주는 프로그램을 선호하는 인하의 성향과도 맞았다. 오직 곡 소개만 하는 방식도 크게 부담되지 않아서 즐거웠다.

그 가을, 너와 걷던 길

# CHAPTER 11

# 그때 바로 거기,
# 커피전문점

휘어진 골목 모서리마다 전깃줄과 가스관이 얽혀 있고, 각 가정 마당이나 베란다에는 빨랫줄에 걸린 하얀 수건과 속옷이 바람에 펄럭였다. 낮엔 구두 닦는 할아버지가 엄청 큰 소리로 손님과 말하고, 밤이면 골목 끝 오래된 약국 간판 불빛만 희미하게 남았다.

큰 골목을 지날 때면 2층짜리 다세대주택이나, 기와지붕 위에 슬레이트 지붕을 덧댄 집도 많다. 옥상에는 소형 안테나와 주황색 빨랫줄, 그리고 그것보다 작은 골목 골목마다 고양이들이 살며시 지나가곤 했다.

대학가이기도 해서 자취방도 많았고 더불어 평생 동네를 지킨 노부부까지 다양한 세대가 섞여 있었다. '먹자골목'에는 허름한 분식집, 복삿집, 다방이 줄지어 있었고, 가게마다 단골이 정해져 있는, 흑석동은 정 많은 동네다.

청바지에 흰 운동화를 신은 대학생들은 데모와 캠퍼스의 낭만이라는 모순의 강을 매일 건넜고, 낡은 버스에서는 김광석, 봄·여름·가을·겨울, 들국화의 노래가 흘러나왔다.

산동네에는 야학이 남아 있어서, 밤마다 작은 교회나 동네의 통장 집 건넌방에 모여 조용히 공부하던 이들도 있다, 흑석동은 그렇게 '옛것과 이제 새로운 세상이 막 열리는 딜레마'를 공존했다.

인하는 '대학 음악 카페'의 출입문을 열었다. 오늘은 좀 일찍 와서 인하 앞 시간에 아르바이트하는 남자 대학생 DJ를 처음 볼 수 있었다. 역시나 선곡에 관심이 갔다. 사장이 은색의 네모난 스테인리스 쟁반에 담아 온 커피를 인하 앞에 놓았다. 비엔나커피다.

사장은 인하와 음악 이야기를 하고 싶을 때 '인하가 좋아하는 커피'를 직접 만들어 와서 은근슬쩍 앞자리에 앉곤 했다. 사장은 이제 딱 50세이고 미혼이며 연로한 부모님을 모신다고 했다. 외모와는 다르게 아무래도 효자인 것 같다.

항상 하얀 셔츠에 검정 가죽점퍼와 물 빠진 부츠 컷 청바지를 입고 코가 뾰족한 갈색 구두를 신었다. 가끔 검은색 구두나, 하얀색 구두도 신었다. 넥타이 대신 작은 스카프를 센스 있게 둘렀는데, 다양한 색깔의 스카프가 많은 것 같다.

옷의 변화가 거의 없는 걸 봐서 같은 옷이 꽤 여러 벌이 있는 건지 아니면 갈아입지 않는 건지 잘 모르겠지만, 옷도 머리 스타일도 항상 깔끔했다. 아! 머리 스타일은 2대 8 가르마를 정확하게 맞추고 헤어스프레이를 잔뜩 뿌려 완전하게 고정했다. 인하는 사장을 볼 때마다 하는 생각이지만, 다른 건 좀 양보한다 쳐도 머리 스타일은 좀 아쉬웠다.

"인하 씨, 어때요? 정식 씨 선곡. 아, DJ 이름이 정식이에요. 안정식."

"좋은데요? 제3세계 음악을 많이 아시는 것 같아요."

"그렇죠? 정식 씨 선곡을 좋아하는 손님도 꽤 있어서 일부러 시간 맞춰 오는 경우도 있거든요. 아, 물론 우리 인하 씨 선곡 팬도 많지요. 하하하!"

"앗! 진짜요? 너무 감사하네요. 오히려 저는 좋아하는 팝송을 마음껏 틀 수 있어서 좋은데…"

"서로 행복하면 좋은 것 아니겠습니까! 하하하!"

"사장님하고 팝송 이야기하면 마음이 좋아요."

인하는 비엔나커피를 한 모금 마신 후 말했다. 진심이다. 인하한테 음악이란 그저 귀로만 듣는 단순한 그것에서 끝나는 게 아니라, 삶을 지탱해 주면서 늘 무엇인가를 연결해 주고 지켜주는 튼튼한 동아줄과 같은 보물 상자다.

"제가 지금까지 팝송 이야기가 통하는 사람을 두 명 봤거든요? 아니, 사장님까지 세 명이네요."

"아, 그래요? 영광이네요. 내가 좋아하는 것으로 이야기 잘 통하는 사람 만나기 힘든데 말이죠."

"그러니까요. 이게 음악은 더 어려운 것 같아요."

"그중에서 팝, 록 이야기는 더욱 어렵죠. 잘 압니다!"

"네, 사장님하고 또 가판대 아주머니 사장님, 그리고 또…"

인하는 세 번째 사람을 말하려다가 잠시 멈칫했다. 사장은 그런 인하를 보며 코를 찡긋하며 눈을 가늘게 떴다. 그리고 아주 짓궂은 얼굴로 이랬다.

"음, 좋아하는, 아니다! 좋아했던 사람이네요. 여기까지! 더 이상 묻지 않겠어요."

"네, 맞아요. 그냥 마음에 늘 머물러 있는 사람이에요. 그 사람과 음악 이야기할 때 정말 행복했거든요."

사장이 꼬치꼬치 캐묻지 않아 고마웠다. 면접일부터 지금까지 한결같이 느끼지만, 은근히 스마트한 사장이다. 머리 스타일은 아쉽지만. 사장은 마지막으로 한마디했다.

"내 마음에 늘 머물러 있는 사람은 그 사람 마음에도 내가 늘 머물러 있대요."

인하의 심장이 철렁했다. 사장한테 철렁 소리가 들릴까 봐 당황할 정도로 철렁 떨어졌다. '운경의 마음에도 내가 머물러 있을까……'.

"아참, 그 가판대 아주머니 사장님은 누구예요? 궁금하다!"

정신이 퍼뜩 돌아온 인하는 가판대 사장 아주머니에 대해 알려 줬다. 힘든 재수생 시절을 도와준 고마운 아주머니라는 말과 선곡이 정말 끝내준다는 정보도 함께 말이다. 사장은 사장 아주머니를 한 번 보러 가야겠다고 했다.

인하를 DJ로 뽑고 생각이 바뀌었다는 사장은, 좋은 음악을 선곡하는 DJ 아르바이트생이라면, 성별과 나이를 불문하고 무조건 뽑을 거라고 말이다. 물론 성년만 해당이 된다고! 그러면서 사장 아주머니의 나이를 슬쩍 물어봤고, 인하는 "한 50대 초, 중반 정도 같았어요."라고 귀띔했다.

노량진 학원 앞 버스정류장이다. '대학 음악 카페' 사장은 하얀 셔츠에 검정 가죽점퍼, 물 빠진 부츠 컷 청바지를 입고 코가 뾰족한 검정 구두를 신었다. 넥타이 대신 두른 작은 스카프 색깔은 쨍하고 밝은 붉은색이다.

사장은 가판대 쪽을 쓱 한번 봤다. 50대 초, 중반쯤이라는 사장 아주머니는 나이아가라 펌을 했고, 머리카락 길이가 허리춤 정도까지 길었다. 보라색 아이섀도에 색깔을 맞춘 보라색 루즈를 발랐다.

'오호, 나도 좀 특이하지만, 저분도 만만치 않게 특이한 분이네. 흠, 뭔가 느낌이 오는데?'

버스가 연이어 두 대 도착했다. 학원생들인지 우르르 뛰어가서 버스에 탔다. 버스에 타는 사람들을 한 명 두 명 숫자를 세던 사장은 가판대에서 새롭게 흘러나오는 팝송에 귀가 활짝 열렸다.

"라디오라마(Radiorama)의 'Yeti!', 이탈로 디스코의 대표 라디오라마!"

사장은 마치 DJ 부스에서 DJ 멘트를 하듯 중얼거리며 어깨를 양쪽으로 흔들었다. 꼭 '아이, 신나!'하는 표정이었다. 이어서 다른 팝송이 나왔다. 사장은 눈을 반짝 뜨더니 입가에 미소가 번졌다.

"그렇지! 폴라 압둘(Paula Abdul)의 'Straigh Up'! 빰빰빠바밤 빰빰빠바밤~"

사장은 검정 구두의 뾰족한 앞코를 좌, 우로 가볍게 흔들면서 'Straigh Up'의 도입부 연주를 따라 불렀다. 무척 흥이 났음에 틀림없다. 내친김에 가수의 스토리를 읊었다.

"LA 레이커스 치어리더로 활동했고 잭슨 형제들에 의해 안무가로 발탁, 잭슨스와 자넷 잭슨의 안무가로 활동하다가 가수로도 엄청나게 성공한 폴라 압둘!"

다음에는 어떤 곡이 나올지 기대하는 표정이 역력한 사장은, 눈을 가늘게 뜨고선 가판대를 봤다. 나이아가라 펌의 사장 아주머니는 껌을 찰지게 씹으면서 신문 진열대에서 신문들을 꺼내 가지런하게 착착 정리했다. 그리고 가판대 부스 안으로 들어갔다.

잔뜩 기대하는 사장의 콧구멍에 잔뜩 힘이 들어가며 한번 벌렁했다. 그러더니 바로 뒤에 있는 커피자판기에 몸을 살며시 기대고 눈을 감았다. 감동한 듯 눈꺼풀이 파르르 떨렸다.

"스콜피온스(Scorpions)의 'Always Somewhere'. 1979년 1월 15일 앨범 발매, 스콜피온스의 6번째 앨범 Lovedrive에 수록한 발라드, 한국인들이 유독 좋아하는 곡이지!"

사장은 팔짱을 하고 커피자판기에 기댄 채 여전히 눈을 감고 엄지와 중지를 서로 튕기면서 박자를 천천히 맞췄다. 스콜피온스 곡 중에서 한국인이 좋아하는 'Always Somewhere'가 끝나자, 사장은 뭔가 결심한 듯 눈을 크게 뜨고 가판대 쪽으로 천천히 걸어갔다.

왁자지껄 경쾌한 분위기다. 대학교 정문에서 가까운 커피 전문점 '씨아리아(Ciaria)'다. 작년부터 본격적인 인기를 끌고 있는 여러 브랜드의 커피 전문점에는 대학생들이 주요 손님에 속한다.

비엔나커피, 카페오레, 카푸치노 등 기존 카페와 다방 등에서는 볼 수 없던 생소한 메뉴가 있어서 신선한 충격이었고 이런 공간은 '조금은 세련된 어른이 된 기분'을 느끼게 해주는 장소다.

세련됨과 낯섦, 그리고 뭔가 다 해낼 수 있을 것 같은 가능성까지, 현실적 감정과 비현실적 감정을 동시에 불러일으키는 곳이다. 단순히 커피만 마시고 나가는 '커피 전문점'이 아닌 젊음의 찬란함을 느낄 수 있는 곳 말이다.

특히 씨아리아는 좀 더 모던하고 젊은 느낌에다 데이트 장소로도 인기가 많다. 교회 대학부 친구 열 명이 둘러앉았다. 누군가는 책가방을 옆에 내려놓았고, 누군가는 유리잔에 꽂힌 긴 빨대를 무심히 돌리고 있다.

"얘, 너희 조장 왜 그렇게 진지?"

"아~몰라, 맨날 큐티 하다 울어."

소소한 농담에 가벼운 웃음들이 번졌고, 누가 물을 엎지르면 "아, 진짜 뭐야~!"라고 장난 섞인 화를 내면서 냅킨을 툭 밀어서 줬다. 어찌 보면 바보 같은 일상과 쓸데없는 이야기로 채우고, 아까 했던 이야기를 반복하기도 했지만, 비엔나커피에 얹힌 크림을 천천히 녹이면서 집중하는 모습은 모두가 한결같았다.

말 많은 친구들 틈에서, 인하는 그저 고개를 끄덕이고 웃음으로 대답했다. 그렇게 시시한 이야기를 하는 중에 '늘 진지한' 재우의 표정이 더욱 진지해졌다.

"지금 이 시각은 언젠가 흩어지겠지만, 이 순간만큼은 우린 어떤 것도 부족하지 않고, 슬프지 않아. 그렇지 않나?"

씨아리아 통창 밖으로 지나가는 버스 불빛, 최신 팝송이 흐르는 카페 안, 그리고 컵을 내려놓을 때마다 달그락거리는 소리. 누군가는 장래 이야기를 꺼냈고, 누군가는 오늘 있었던 전도 이야기로 분위기를 띄웠다.

그 모든 말이 중요한 게 아닐 수도 있고, 기억나지 않을 수도 있지만, '지금 이 자리, 이 느낌과 공기'는 오래도록 잊히지 않을 것 같다.

그 가을, 너와 걷던 길

# CHAPTER 12

# 축제, 그 여름의 캠퍼스

5월. 축제 첫날. 축제 일정으로 강의는 오전에 일찍 끝났다. 교정은 이미 노란 현수막이 신나게 펄럭이고, 가로로 길게 건 파란색 얇은 밧줄에는 형형색색 풍선이 마치 꿀떡을 일렬로 세운 것처럼 예쁘고 풍요로웠다.

요리 동아리가 정성 들여 만든 부스에서는 구수한 닭꼬치 냄새가 피어올랐고, 중앙무대에서는 밴드부가 '본 조비(Bon Jovi)'의 'You Give Love A Bad Name'을 연주하고 있다. 이어서 '조용필'의 '모나리자'를 연주했다. 조용필은 역시 로커다.

'본 조비'는 인하가 가장 좋아하는 록 밴드 중 하나이다. 특히 기타리스트인 '리치 샘보라(Richie Sambora)'의 광 팬이다. '조용필' 역시 인하가 최초이자 마지막으로 좋아하는 유일한 국내 가수이다. 팝송, 록 마니아인 인하는 다른 국내 가수를 더 좋아할 가능성은 없으므로 마지막이라고 하는 것이다.

늘 생각하는 거지만 밴드부의 기타리스트는 정말 연주를 잘한다. 나중에 가수 음반 세션이 되고 싶다고 들었는데, 꿈이 이루어졌으면 좋겠다.

인하는 조별 과제 멤버들과 교정 잔디에 커다란 돗자리를 깔고 앉았다. 요리 동아리 부스에서 사 온 감자 전과 사이다를 나눠 먹으면서 웃음이 끊이지 않는다.

누군가는 공책을 펼쳐서 본인이 쓴 시를 읽고, 누군가는 첫사랑 얘기를 꺼내다가 눈물을 글썽이며 한숨을 쉬고, 누군가는 본인의 꿈이 얼마나 크고 대단한지 들어보라고 했다. 이거든 저거든, 내 일처럼 진심으로 듣는 표정이 꽃보다 예쁘다.

"밤 되면 영화 상영한다. 운동장에 스크린 세운대."

"뭐 상영한다니?"

"다이하드!"

"오! 브루스 윌리스!!"

"완전 박진감 넘치겠는데?"

"영화관에서 보는 것보다 뭔가 멋질 것 같지 않냐?"

"그렇지, 그렇지!"

축제 그 특유의 느낌, 싱그러운 풀 냄새와 흙과 나무 냄새 가득한 운동장, 모닥불 대신 달과 같은 조명 아래 모여 앉은 청춘들…….

한 컷 한 컷이 영롱한 사진처럼 마음에 선명하게 담겼다.

'대학 음악 카페'의 다음 DJ와 반갑게 인사한 후 나오는 길이다. 가판대 아주머니 사장님은 오늘도 역시 멋진 모습으로 DJ 부스로 들어갔다.

'대학 음악 카페' 사장인 박 사장은 가판대 선곡을 들은 첫날, 묻지도 따지지도 않고 가판대 사장 아주머니를 스카우트했다. 월요일부터 금요일까지는 가판대를 운영하고 토요일과 일요일에 DJ 아르바이트를 하는데, 아주머니는 아르바이트할 때 'DJ 판판'이라고 불러 달라고 했다.

어쨌든 인하와 DJ 판판이 만날 수 있는 날은 토요일이다. 토요일 가판대 운영은 DJ 판판의 남동생이 한다고 했다.

"인하 학생, 정말 고마워. 내 꿈이 DJ였는데, 덕분에 꿈을 이뤘어."

“진짜요? 정말 멋지세요!”

“어떤 인연이든 허투루 보지 말라는 옛날 사람들 말이 맞네. 나는 내가 좋아하는 팝송을 틀었을 뿐인데 그걸 듣고 행복해하는 사람이 있었다니 정말 놀라워!”

“오히려 DJ 판판 덕분에 재수생 생활을 잘 보낼 수 있었어요. 정말 감사합니다.”

평생의 소원을 이뤘다며 인하한테 고맙다고 말한 DJ 판판은, DJ 부스에 들어가자마자 표정부터 장엄하게 바뀌었다. 인하는 선곡이 궁금했지만, 선약이 있어서 바로 나와야 했다. 인하는 카페 앞 가게 오른쪽에 있는 공중전화 부스에서 친구 윤경과 통화했다.

도통 소개팅에 관심 없는 인하에게 윤경이 소개팅 주선을 한 것이다. 인하는 “윤경아, 나는 우리 집 환경이 좀 남달라서 누구를 만난다는 게 조심스러워.”라고 말했지만, 윤경은 “야, 이런 사람도 있고 저런 사람도 있지, 다 신경 쓰면 어떻게 사람을 만나고 살아? 다양하게 만나다 보면 이해해 줄 사람이 있다고.”라고 말했다,

“인하야, 파란 줄무늬 셔츠에 베이지색 바지 입고 있을 거야.

그 애, 되게 차분하더라. 말도 또박또박 느리고. 맞다, 검정 뿔테 안경 썼어!"

인하는 친구 윤경이가 건넨 약간의 정보를 들은 후, 버스를 타고 명동으로 갔다. 명동 거리 초입에 있는 '아펠 카페' 문을 열었다. 시계는 오후 4시. 정확히 약속 시간이다.

윤경이 말한 그는 창가에 앉아 있다. 두 팔을 접어 테이블 위에 올리고, 한참 동안 메뉴판을 들여다보고 있다.

"저기, 어, 안녕하세요…윤경이 친구 정 인하입니다."

남자는 아주 천천히 고개를 들었다. 그리고 역시 천천히 말했다.

"아! 안녕하세요, 인하 씨!"

남자는 의자에서 천천히 일어나 인하에게 웃는 표정으로 인사했다. 약간 수줍은 웃음이다. 자기 이름은 강 한식이라고 했다.

한식은 비엔나커피와 아이스 레몬티를 주문했는데, 윤경의 말대로 한 글자, 한 글자 또박또박 천천히 말했다. 대화하면서 공통점은 적었지만, 시간은 별로 불편하지 않고 자연스럽게 흘렀다.

인하는 교회 다닌다는 얘기, 한식은 요즘 빠져 있는 시인 얘기, 정치엔 관심 없지만 뉴스는 자주 본다는 말까지. 하지만 음악 이야기는 없었다.

"책상 서랍 안에 서로 선물한 시집을 넣고 종종 꺼내서 읽고… 이 자리가 그런 시간을 시작하는 소개팅이 될 수도 있을까요?"

인하는 살짝 웃었다. 장난 같지만, 왠지 거짓말 같지는 않다. '아펠 카페'를 나서며 한식이 하얀 종이 하나를 꺼냈다. 한쪽엔 자신의 전화번호, 다른 한 쪽엔 작게 적힌 글귀가 있다. 인하가 중간에 화장실 갔을 때 쓴 것 같다.

"우리, 너무 오래 생각하지 말고, 일단 한 번쯤 만나봐요."

인하는 지하철 창에 비친 자신의 얼굴을 만났다. 한식은 좋은 사람 같았다. 말도 조심했고, 웃는 눈매도 괜찮았고, 가끔 입가에 잡히는 작은 주름도 싫지 않았다. 좋아하는 커피가 식는데도 인하는 자기도 모르게 웃고 있었고, 종종 카페 통창을 보면서 다음 약속을 딱 한 번 상상도 했다.

하지만…마음 한편은, 내내 조용히 돌아서 있었다. 한식이 웃을 때, 인하는 운경이 웃을 때를 생각했고, 한식이 천천히 또박또박 말할 때, 인하는 운경의 말투를 떠올렸다. 그래서 한식과의 소개 팅은 더 이상의 시간을 이어가면 안 된다고 생각했다. 그건 한식 한테도 예의가 아니다.

인하가 바지 주머니에 손을 넣어 종이를 꺼냈다. 그리고 펼쳐 서 한참 들여다봤다. 말투처럼 한 글자 한 글자 정성 들여 눌러서 쓴 한식의 전화번호 그리고 작게 적힌 글귀. 인하는 하얀 종이를 한번, 두 번 접어 가방 깊숙이 넣으며 생각했다.

'운경아, 난 아직 너를 지나가지 못했구나.'

얼마 전부터 정하는 미국에 유학을 가고 싶다면서 어머니와 자 주 부딪쳤다. 정하가 없을 때는 평화로운 집이, 정하가 신발을 벗 고 집에 들어오는 순간부터 공기가 불편해졌다.

정하는 평범한 말 한마디를 해도 부정적이고 공격적인데, 유독 어머니를 괴롭혔다. 정하가 말하는 결론은 항상 "엄마 때문에."이다. 얼굴도 가치관도 아버지를 꼭 빼닮은 정하는 아버지 원망은 잘 하지 않았다.

인하는 동생이어서 뭔가 보호해야 할 대상이라고 느끼는 건지 모르겠지만, 솔직히 인하한테 하는 걸 보면 아무리 생각해도 그렇게 생각하는 것 같진 않다. 모순이다.

처자식에 대한 책임을 저버리고 떠나버린 아버지, 함께 살 때에도 남편과 아버지 역할은 전혀 하지 않고 어머니 고생만 시킨 아버지다. 정하는 인하와 싸우고 나면, 늘 이런 말을 했다.

"아빠는 원래 나한테 꼼짝 못 해. 너는 아빠한테 많이 혼났지만 나는 한 번도 안 혼났다고. 왜 그런지 알아? 아빠랑 너랑 성격이 아주 안 맞기 때문이야."

"그래서? 그게 무슨 상관이야? 아버지가 언니한테 꼼짝 못 했던지, 나랑 성격이 안 맞아서 줄곧 나만 혼냈던지 그런건 관심 없어. 어쨌든 결론은 세상 대부분의 아버지처럼 그렇게 살지 않은 건 사실이고, 그 이유로 엄만 고생만 하고 병든 건 맞잖아. 정확하게 판단하자고."

“아빠는 날 이해해 줬지만, 엄마는 생각부터 모든 게 정말 안 맞아.”

“언니, 마침 말 잘했네. 내가 아버지랑 잘 안 맞아서 혼났다고 했지? 나는 아버지랑 생각부터 모든 게 정말 안 맞지만, 아버지한테 대들거나 싸우진 않았어. 언닌 엄마하고 허구헌날 싸우잖아. 아니, 엄마가 일방적으로 언니한테 당하는 게 정확한 말이네. 엄마는 최소한 언니를 ‘늘 혼내진’ 않아. 먼저 참은 다음 대화로 하고 그것도 안 되면, 그다음에 언니 기세에 밀려 쓰러지지.”

정하는 침착하지만 냉정하게 따지는 인하를 노려보다가 달려와서 헤드록을 걸고 마구 흔들었다. 말로 안 되면 꼭 이런다.

“놔라. 이거 놓으라고!”

“언니한테 잘 못 했다고 해. 정 인하!”

“어, 잘못한 거 없어. 빨리 놔라.”

인하보다 큰 체격의 정하는 잠시 생각하다가 헤드록을 풀었다. 인하는 후 하고 숨을 크게 내쉬고선 흐트러진 옷깃을 정리했다. 그러고선 정하를 말없이 쳐다봤다.

“그리고, 유학 간다는 게 말이 돼? 언니 성악 뒷바라지한다고 엄마가 고생한 거 알잖아. 지금 대학원까지 지원해 주고 있고. 아버지가 해야 할 일을 엄마가 다 짊어지는데 오히려 감사해야지. 원망하려면 아버지 찾아내서 아버지한테 하라고! 대학원 마치면 그 진로대로 결정해서 살 생각을 해야지, 어떤 목표를 이루겠다고 유학 말하는 것도 아니고, 그냥 현실에서 도망치고 싶은 거잖아. 이 집에서. 아버지처럼 무책임하게. 안 그래?"

정곡을 찔린 정하는 적개심 가득한 눈으로 인하를 노려보다가 "그래, 그만하자."라고 말하고선 신발을 신고 문을 쾅 닫고 나갔다. 인하는 원망과 분노 가득한 정하 뒷모습을 보며 착잡했다. 정하의 저런 마음을 이해할 수 있는 게 더욱 싫고 착잡했다.

공부를 원래 굉장히 잘하는 정하는, 연합고사 성적도 역시 좋았다. 그런데 배정 학교는 학생이 정하는 게 아니어서, '배정된 학교'로 가야 했다. 그런데 터무니없이 강남 8학군 고등학교에 배정이 되었다.

그러니까 돈이 폭포수처럼 넘쳐나는 가정의 학생들이 다니는 학교에 다녀야 한다는 거였다. 성악을 전공한다는 건 변함없지만 고등학교 전반의 생활에서 큰 어려움이 기다리고 있다는 뜻이다.

부잣집 아이들이 가득한 그 학교에서, 하교할 때면 국산 자동차는 볼 수 없고 외제 자동차가 줄지어 서서 학생들을 데려가는 그 환경에서, 특활비용 및 각종 레슨비용, 용돈까지 풍족함이 극에 달아 돈을 물 쓰듯 하는 당연한 그곳에서, 정하는 철저하게 고립되었다.

성악과에 지원했지만, 예술대학 학과는 뭔가 이미 정해진 것 같은 걸 면접 당일에 확실하게 알았다. 성적과 실력만으로는 원하는 대학, 성악과에 갈 수 없음을 깨달은 정하는 더 엇나갔다.

정하는 성악과에 떨어진 후 성악을 포기하고 재수를 선택했다. 힘든 형편에 딸 둘이 모두 재수했으니, 어머니는 얼마나 힘들었을까…….

아주 어릴 때 선교사가 되고 싶어서 "난 나중에 신학대학교 갈 거야!"라고 했던 정하는 재수하고 신학대학교 신학과에 지원했고, 워낙 공부를 잘했으므로 합격했다. 입학해서는 영문학을 복수로 전공했다.

정하의 고등학교 생활이 그토록 처참했으니, 대학원생이 된 지금까지도 가장 원망하기 쉬운 상대인 어머니를 원망하고 공격하면서 분노를 쏟아내는 것이다.

같은 환경, 같은 보호자와 살아도 타고난 성품 따라 이렇게나 다를 수 있다는 걸 인하는 정하를 보면서 일찍부터 깨달았다.

"엄마, 좀 누워 있어."

정하가 한번 집을 뒤집어 놓으면, 어머니는 혈압이 치솟고 혈당도 안 잡히고 부정맥이 많이 잡히면서 총체적 난국이 된다. 사실 쇼크로 쓰러져서 응급실에 간 적이 많다. 인하는 어머니 약을 챙겨 주고는 누워서 안정하라고 자꾸 말했다. 솔직히 어머니가 또 쓰러질까 봐 두렵다.

"인하야, 엄마가 너한테 말하고 싶은 게 있어."

인하는 어머니에게 덮은 이불을 한 번 더 추킨 후 말했다.

"뭔데?"

"잠을 잘 자야 해. 최소 7시간 이상 자도록 해야 해. 예전에는 외할머니 돌보고, 집에서 학교까지 멀고, 여러 불가피한 집안 상황으로 자고 싶어도 못 잤잖아. 우리 셋 다. 그런데 이제는 신경 써야 한다. 그래야 나중에 많이 안 아파. 엄마 많은 병도 못 자서 그런 것도 영향이 커.”

“그러니까. 습관이 되어서 잘 시간 되어도 안 자게 되더라고.”

“그래, 알아, 인하야. 하지만 잠은 정말 중요해. 너는 엄마 보호한다고 어릴 때도 같이 안 자고, 그랬잖아. 엄마는 너, 잠 때문에 제일 걱정이 돼.”

“알았어. 꼭 그렇게 할게. 그리고 엄마, 좀 이따 내가 장 봐올까? 장 보는 날이잖아. 오늘 아르바이트 월급 받았거든. 헤헤헤.”

“아유, 힘들게 번 돈을 장 보는 데 쓰면 어떡해? 네가 공과금 내고 엄마 약값 대줘서 얼마나 힘이 되는데.”

“엄마는 평생 힘들게 벌어서 우리한테만 쓰잖아. 이제 나도 하는 게 맞아.”

그랬다. 부모님이 미성년자 때까지 잘 돌보면, 성년이 되는 그 순간부터 반대로 조금씩이라도 해야 한다는 게 인하의 생각이다. 그래서 성년이 되어서는 당연히 공과금을 내고, 어머니 약값을 보태면서 ‘엄마도 이런 마음으로 우리한테 돈을 쓰겠구나. 이런 희생의 마음으로, 아까워하지 않고…’라는 이해를 저절로 하게 되었다.

“아, 그리고 엄마! 교회 할머니 권사님이 그러셨는데, 원래 엄마하고 큰딸은 앙숙이래. 그냥 숙명이래, 숙명. 헤헤헤."

"그래? 글쎄, 그런 것도 같네?"

"그러니까 언니하고 부딪칠 때 언니한테 너무 연연하지 말았으면 해. 엄마는 보호자고 언니는 자식이잖아. 언니가 너무 교만해서 그 위치를 아직 잘 모르는 거야. 언니도 나중에 엄마 마음 이해할 날 올 거라고. 난 언니를 믿어."

지하 계단을 누군가 내려오는 소리가 들렸다. 정하가 생각보다 빨리 들어오는 모양이다.

그 가을, 너와 걷던 길

# CHAPTER 13

## 명동,
## 그 혼란한 거리의 신기루

명동은 발 디딜 틈이 없다. 연보라색 펄 아이섀도를 바른 여대생들부터 번쩍이는 유광의 가죽점퍼를 입은 청년들, 외국인 관광객들까지…누구든지 이 거리를 걸으면 조금 더 '세련된 기분'이 들곤 했다.

간판은 대부분 영문자로 쓰였고, 거리 양옆으로는 리바이스, 캘빈클라인, 나이키, 그리고 일본 직수입 의류를 파는 매장이 줄지어 있다. 리바이스 청바지 가게 앞에는 청청패션을 입은 마네킹이 있고, 그 옆에선 "미제 바지 50% 세일!"이라는 호객이 들렸다.

화장품 시향 화장품 가게 앞에 시향지가 나부끼고, 직원들이 지나가는 사람에게 향수를 칙 뿌렸다. 사람들은 "아~뭐야~!" 하면서도 싫지 않은 양 콧구멍을 벌렁대며 활짝 웃었다.

향수의 향이 마음에 들었는지 "꺄~대박이야!", "와우! 향 진짜 죽인다!"를 연발한다. 연신, 마치 직원한테 '뭔가 있는 것 같은 사람'으로 특별히 선택된 것 같은 묘한 느낌도 좋다.

여대생들은 진청색 미니스커트를 입고 카라가 커다란 하얀색 셔츠를 청재킷에 받쳐 입었다. 커다란 금테 안경을 쓴 여대생도 꽤 있다. 손에는 '바나나 우유'를 들고 한쪽 손에는 '하이틴 잡지'를 들어 겨드랑이에 살짝 끼고서는 맑고 밝은 웃음소리를 거리에 꽉 채웠다.

"오천 원! 오천 원에 두 개!" 노점상 손수레의 카세트에서는 '강수지'의 '시간 속의 향기'가 거리 마이크의 스피커 음과 섞여서 더욱 청초하게 들렸다.

길거리 한가운데 줄 지어선 노점상 손수레에서 퍼지는 구수한 군밤 냄새, 매콤한 떡볶이와 군침 도는 튀김 냄새가, 화려하고 향긋한 향수 샘플 냄새와 섞인 게 전혀 낯설지 않다.

이렇게 생동감 넘치는 모습과 골목 곳곳에 쓸쓸하게 버려진 '입간판'은 명동의 두 얼굴, '무언가를 잃거나 찾는 곳'이라는 감성이 들게 했다.

거리 곳곳엔 연극 포스터와 유학생 영어학원 전단이 나붙어 있다. 누군가는 손을 꼭 잡고 데이트 중이고, 누군가는 혼자 걷는다. 명동은 누구에게나 문을 열고 있지만, 동시에 누구도 붙잡지 않는다. 그래서 더욱 자유롭고, 그래서 더욱 아릿한 거리다.

거리를 걷다 보면 LP 음반을 틀어주는 음악다방, 혹은 해외 콘

서트 실황을 영상으로 상영해 주는 카페가 눈에 띄었다. 그중 하나, 명동 골목 안쪽의 '뮤직 베라'가 있다.

'뮤직 베라' 문을 열고 들어서면, 안은 적당히 어두웠고, 벽면엔 마이클 잭슨, 휘트니 휴스턴, 퀸의 포스터가 빼곡하게 붙어 있다. 벽에 VHS 영상 재생기기와 작은 스크린이 있고, 복고풍 테이블마다 노르스름하고 따스한 조명이 드리워져서 카페 안을 곱게 감쌌다.

메뉴판에는 '비엔나커피 + 쿠키 무료'라고 적혀 있고, 영상 시청 고객을 위한 팝스타 공연 타이틀 리스트가 적혀 있다. 카페는 배경음악 대신, 스피커에서 흘러나오는 마돈나의 'Like a Virgin', 마이클 잭슨의 'Thriller' 공연 등의 영상 사운드 등이 흘렀다.

시대를 좀 더 거슬러 올라가 '숀 캐시디(Shaun Cassidy)'의 'Da Doo Ron Ron'과 레이프 가렛의 'I was made for dancing' 공연이 이어서 나왔다.

인하는 꿈 꾸는 듯 화면에 빠져 들었다. 베이지색 소파는 낮고 푹신했고, 커피잔은 도자기로 된 클래식한 것이었다. 생크림을 듬뿍 얹은 비엔나커피를 시키면, 하얀 바탕에 붉은 장미가 그려진 도자기 커피잔이 나왔고 작고 하얀 접시에는 커피 과자인 로

투스 두 개가 따라 나왔다.

인하는 그곳에서 비틀스의 무대, 혹은 마돈나, 비지스, 본 조비의 무대를 빠져들 듯 바라보며 '이 세계는 얼마나 넓고, 나는 그 중 어디쯤일까'라고 생각했다. 카페 안 손님들은 향긋한 커피를 아주 조금씩 맛보면서 음악에 맞춰 조용히 고개를 끄덕였다.

록밴드 마니아인 인하가 용기 내서 카페 주인한테 신청한, '건즈 앤 로지스(Guns N' Roses)'의 'November Rain'의 뮤직비디오가 영사기를 뚫듯이 인하의 마음을 뚫었다. 'November Rain'의 뮤직비디오를 볼 수 있다니!

특히 너무 좋아하는 '건즈 앤 로지스'의 기타리스트인 '슬래쉬(Slash)'의 기타 솔로는 너무 황홀하고 멋져서 한 번도 눈을 뗄 수 없다.

누가 보면 록 밴드 뮤직비디오에 감격씩이나 하냐고 할 수 있지만, 인하에게 음악은 신앙과 함께 인생을 지탱하는 철옹성 바로 그것이다.

겨울이 지나고 봄도 지났다. 대학생 인하는 바쁘게 하루하루를 살아가고 있지만, 마음 한쪽에 있는 사람은 단 한 번도 잊히지 않았다. 잊은 줄 알았고, 이젠 괜찮다고 생각했지만 그건 착각이었다.

인하는 음악으로 위로받은 '뮤직 베라'에서 나와 다시 명동 거리를 걸었다. 저녁 시간으로 가는 명동은 사람들이 더욱 많이 오갔고, 노점상 음악과 사람들의 소리가 뒤섞여 거리는 부산하게 북적였다.

어디선가 '다이어 스트레이츠(Dire Straits)'의 'Sultans of Swing'이 들렸다. 인하는 노래를 들으면서 마치 '소란함 속의 적막함' 같다고 생각했다. 화려함보다 절제된 기타 연주가 일품인 이 곡을 부산한 명동 거리에서 듣다니 뭔가 묘했다.

그때였다. 사람들 사이에서 군복을 입은 한 남자가 천천히 걸어왔다.

고개를 약간 숙인 채 걷는 조용한 걸음. 심하다 싶을 정도의 많은 사람들 속에서도 왠지 모르게 눈에 띄는 실루엣. 이상하게도 익숙한 걸음이었다. 인하는 발걸음을 멈췄다. 아…운경이다! 짧게 깎은 머리, 군복, 묵직한 어깨와 낮게 떨어진 고개.

세상에서 단 하나, 그 사람만이 가진 분위기고 말하지 않아도 알아볼 수 있는 눈빛과 걸음이었다. 하지만 운경은 고개를 들지 않았다. 비스듬히 땅만 보며 천천히 지나갔다.

주위의 모든 것이 필름이 늘어지듯 느려졌다. 소음도 멀어지고, 주변의 색도 흐려졌다. 오직 운경과 인하만이, 서로 반대 방향으로 걸어가고 있다. 인하는 너무나 당황해서 말하지 못했다. 급하게 이름 부를 수도, 손을 뻗을 수도 없었다.

그저 마음속 깊은 곳에서 무언가 우두둑 무너지는 소리를 들으며 뒤돌아보았다. 파도와도 같은 인파에 밀려 운경이 멀어지고 있다. 군복 너머로 보이는 어깨가, 어쩐지 너무 외로워 보였다. 말도 안 되게 갑작스러웠고, 그래서 오히려 너무 선명했다.

운경은 고개를 숙이고, 가방끈을 고쳐 맸다. 명동성당 방향으로 천천히 걸어가고 있다. 인하의 심장이 철렁 내려앉고, 다리는 아무리 움직이려 해도 움직이지 않았고, 숨은 목구멍 언저리에서 뜨겁게 맴돌아 소리를 내려 해도 나오지 않았다.

"운경…운경아…"

인하는 나오지 않는 소리를 힘들게 짜내어 이름을 불렀을 때 운경은 눈앞에서 점점 멀어지고 있다. 그런데 그 순간, 운경이 멈췄다. 아무 이유 없이 그냥 걸음을 멈춘 사람처럼, 뒤를 돌아보았다. 너무 멀어져서 얼굴이 아주 작게 보였다.

두 사람의 눈이 마주쳤다. 아주 짧게!

하지만 모든 기억이 순식간에 물밀듯 쏟아지는 그 찰나, 운경의 입꼬리가 천천히 올라가며 미소 지었다. 인하는 웃지도, 울지도 못한 채 작은 고갯짓으로 고개를 끄덕였다.

그 찰나의 순간이 지나고 인하가 참았던 숨을 '후'하고 쉬자, 모든 것이 마치 꿈처럼 빠르게 흘러가 버렸다. 웅성웅성 많은 사람에게 밀려 운경이 보이지 않았다. 인하 역시 사람들 속에 갇혀서는 우두커니 서 있을 뿐이다.

다시 사람들 틈이다. 소음과 바쁜 거리는 여전했지만, 인하의 마음속에 운경은 명동 어느 저녁의 빛과 온도와 함께 머물렀다.

"왜…" 인하의 입술이 파르르 떨렸다.

"왜 아직도 널 보면 마음이 아플까…왜 운경아…"

인하는 한참을 그 자리에 서 있다. 운경이 신기루처럼 지나간 이 자리엔 오래전 그 가을밤의 온기가 아직도 남아 있는 듯했다.

# CHAPTER 14

# 다친 얼굴, 분노,
# 흩어진 자존심

1995년 5월 10일, 서울 올림픽공원 체조경기장이다. 인하는 꿈을 이뤘다. 바로 '본 조비(Bon Jovi)'의 내한 공연을 직접 봤기 때문이다.

예전 그 잊지 못할 신비로운 가을날, 인하는 레코드 가게 앞에서 운경에게 말했다. "레이프 가렛 공연을 직접 봤던 언니들처럼 나도 좋아하는 록밴드가 내한 공연하면 반드시, 꼭, 보러 갈 거야!"라고.

공연은 그들의 'These Days Tour'의 일환으로, 밴드 멤버 전원이 함께 무대에 올랐다. 이날 공연은 퀸(Queen)의 'We Will Rock You'를 배경 음악으로 시작되었으며, 'You Give Love a Bad Name', 'Keep the Faith', 'Bed of Roses' 등 본 조비의 대표곡들이 이어졌다.

영상으로만 보고, 오디오로만 듣던 '본 조비'와 음악을 바로 앞에서 보고 듣는다는 게 비현실적으로 느껴졌다. 깨고 싶지 않은 꿈처럼 손에 잡히지 않는 그런 묘한 느낌이었다.

특히 인하가 '본 조비' 멤버 중 가장 좋아하는 기타리스트 '리치 샘보라'는 자신의 솔로곡 'Stranger in This Town'을 직접 보컬로 선보이며 관객들의 큰 호응을 얻었다. '리치 샘보라'의 너무나 멋진 기타 리프를 초집중해서 귀에, 마음에 담았다.

'본 조비'의 주옥과도 같은 곡 중 특히 공연 말미 'Livin on a prayer'의 떼창에서는 인하도 목이 터지라 따라 불렀고, 감격에 겨워 엉엉 우는 팬도 많았다. 인하도 뭉클해서 눈물이 쉴 새 없이 흘렀다.

'운경아, 나 하나의 꿈을 먼저 이뤘다! 너랑 왔으면 얼마나 행복했을까…'.

이삿짐 정리를 이제야 끝냈다. 인하는 깔끔하게 정리된 집 안 곳곳을 보자니 뿌듯했다. 뭔가 한 단계 해냈다는 생각이 들면서, '더 열심히 살아야지!'라는 의지가 더 강해졌다.

인하는 대학을 졸업하고 취재기자가 된 첫해에 드디어 지하방에서 탈출했다. 회사에서 전세금을 지원해 준 덕분이다. 거의 5년 넘게 살던, 계단이 아주 깊은 지하방의 바로 위층인 다가구 1층이었다.

그곳의 전세 계약기간이 끝나서 새로운 집으로 이사를 간 것인데 신축 빌라 1층이었다. 지난번 살던 다가구 1층보다 훨씬 깨끗하고 집도 넓었다. 계속 1층으로만 다니는 이유는 어머니의 무릎이 너무 안 좋아서 그런 것인데, 엘리베이터가 있는 빌라는 전세금이 더 높아서 갈 수 없다.

어머니는 지하에서 오래 살아 건강이 더 나빠지고 나이도 들어 이제 일을 하지 못한다. 그래서 인하와 정하에게 미안하다고 했다. 어머니가 미안하다고 할 때마다 인하는 늘 같은 대답을 했다.

"엄마, 엄마가 지금까지 혼자 해 왔잖아. 이제는 우리가 해야지. 그게 당연한 거야. 그러니 엄마는 아무리 아파도 오래 살아 줘. 엄마가 아무리 아파도 언니와 나의 보호자니까. 엄청난 위치에 있는 거라고!"

인하가 어머니를 보면서 웃음을 짓는데 전화벨 소리가 요란하게 울렸다.

"경찰서로 와라. 정 인하!"

신문사 경찰서 출입 기자인 선배가 경찰서로 빨리 오라고 했다. 인하는 서둘러 카메라와 노트를 챙겨서 출발했다. 어머니한테는 이따 곧장 교회에 간다고 말하는 것도 잊지 않았다. 12월 24일 크리스마스이브니까!

인하의 회사는 신문사인데 신문사 계열사에 분야별 잡지사가 있다. 인하는 그 중 연예 잡지사의 연예부 취재기자이다.

이번 호에 실릴 기획 기사 때문에도 경찰서 출입 기자 선배를 한동안 따라다녀야 하는데 마침 전화가 온 것이다. 이번 달 기획 회의 때 인하가 담당하는 가수 취재원의 팬클럽 회장 엽서를 받았다.

"정 인하 기자님, 경찰서 취재 과정에 대해 기획 기사를 써줬으면 합니다. 제가 경찰 지망생이어서 궁금합니다. 꼭, 부탁드려요!"

엔터테인먼트 잡지지만, 인하는 독특한 기획과 그것에 맞는 기획 기사를 매월 1꼭지씩 꼭 쓰는데 독자들에게 인기가 많다.

서둘러서 간 경찰서의 분위기는 평소보다 날이 서 있다. 경찰들이 바삐 움직였고, 복도 끝에서 누군가가 끌려 들어왔다. 두 명

의 경찰이 한 남자의 양팔을 잡고 걸어온다. 피범벅이 된 입술, 눈
가엔 멍이 퍼져 있었고 짙게 내린 속눈썹 아래 눈빛은 믿을 수 없
을 만큼 차가웠다.

그러나 그 순간에도 그 남자의 얼굴은 선명했다. 예배 후, 골목
을 함께 걸어주던 가을밤, 고백하지 못했던 여름의 오후. 명동 거
리, 신기루처럼 지나간 군복 차림의 그. 그리고 지금 수갑을 찬 저
남자, 흐트러진 머리, 피멍이 든 얼굴, 반항기 어린 눈빛이지만 어
딘가 낯설지 않았다.

그 순간 복도의 광경과 시간이 일시에 멈췄다. 인하는 숨이 딱
멎을 것만 같았다.

'운경…?' 믿기지 않는 현실이었다. 운경을 이렇게 다시 만나게
될 줄은 몰랐다. 운경의 다친 얼굴, 흘어진 자존심까지, 인하는 할
말을 잃었다. 인하와 운경의 거리는 가까워졌는데, 운경은 시선
을 돌렸다가 인하를 향해 다시 눈길을 맞추고 천천히 고개를 끄
덕였다. 명동 거리에서 인하가 고개를 끄덕인 것처럼 그렇게.

형사들과 운경이 지나가자, 커피자판기에서 커피를 마시던 다
른 경찰 두 명이 말했다.

"쟤 또 사고 쳤대."

“이번엔 실형 나올 것 같지 않냐?”

“아마 그럴걸? 지난번과 같은 걸로 들어온 것 같은데? 자잘하게 워낙 자주 사고 쳐서.”

인하의 심장은 불규칙적으로 쿵 하고 울렸다.

“야, 인마, 괜찮아? 야! 정 인하!”

누군가 인하의 어깨를 잡고 흔들었다. 인하는 어깨가 흔들리는 대로 운경이 지나간 복도 끝을 봤다.

“야, 이 자식이 귀신을 봤나? 정 인하! 정신 차려!”

인하는 정신이 퍼뜩 났다. 고개를 옆으로 돌려 선배인 걸 확인한 인하는 떨리는 목소리로 물었다.

“저기, 홍 선배. 방금, 잡혀 들어온 사람, 혹시 무슨 사건이에요? 아니, 누군지 아세요?”

“어? 아~ 걔? 운경이라고, 얌전하던 애가 갑자기 요즘 막 엇나가서 문제가 많다. 어릴 땐 진짜 괜찮은 애였는데⋯”

“운경이, 하 운경을 아세요?”

“어, 운경이 녀석 고등학교 후배더라고. 사건 때문에 좀 알아보니까.”

‘고등학교 후배라고? 그럼, 과천의 그 남동 고등학교?’

인하는 운경이 사라진 복도를 바라봤다. 인하 앞에 운경이 다시, 나타났다. 마음속에서 아직 지우지 못한 이름과 얼굴, 하지만 이제 너무도 멀어진 얼굴로 나타났다.

"인하야, 밥 먹으러 가자!"

홍 선배는 골똘히 생각에 잠긴 인하의 얼굴 앞에서 손뼉을 작게 한 번 치고선 빠르게 걸어가며 따라오라는 손짓을 했다.

"너는 순대 빼고 고기만 넣지?"

"네, 선배."

"저기요, 이모! 여기 순대만 넣은 순댓국 하나, 고기만 넣은 순댓국 하나 주세요! 고기만 넣은 거에는 국물 좀 더 주시고요!"

인하의 식성을 정확히 아는 홍 선배는 익숙하게 순댓국을 주문했다. 처음에는 "야! 그게 무슨 순댓국이냐? 순대 없는 순댓국이 어디 있냐고⋯참 희한한 놈이네?"라면서 "거 이상한 놈일세?"라는 말만 세 번을 말했었다.

"그 사건, 알고 보면 좀 억울하더라."

"억울하다고요?"

인하는 '홍 선배가 이해할 수 없는 순대 없는 순댓국'을 한 숟가락 뜨다가 멈추고 홍 선배를 쳐다봤다.

"그거 말이야, 깡패한테 한 대 날린 거. 운경이가 때린 건 맞는데, 아니 냉정하게 말하면 안 때렸지. 상황이 좀 그래."

홍 선배는 조심스레 말을 이어갔다.

"건널목 중간에서 폐지 손수레 끌던 할머니를, 그 깡패 놈이 걸어찼다더라. 그걸 운경이가 보고 바로 뛰어든 거지."

그 순간, 인하의 마음속에 조각났던 이미지들이 천천히 하나로 이어지기 시작했다.

"그래서 그렇게까지 얼굴이…"

"운경이가 할머니를 일으키니까 그놈이 분을 못 참고 길길이 뛴 거지. 운경이 저번에도 비슷한 일로 경찰서에 잡혀 왔었는데, 이번에도 아마 그놈을 때리진 않았을 거야. 그놈이 분별없이 지랄하니까, 할머니 보호하려고 팔로 막았는데 민 것처럼 된 것 같아. 거기 딱 하나 달린 CCTV 각도 자체가 좀 그래. CCTV 달린

곳도 잘 없잖아. 있어도 뭐, 띄엄띄엄 있으니까 좀 그렇지.”

홍 선배는 한숨을 쉬었다.

“그럼, 운경이 상처는 일방적으로 맞아서 그래요?”

“지가 운경이 몸에 튕겨서 넘어지니까 열 받았을 테지. 뭐, 미친 듯이 때린 거지.”

“아니, 그럼 쌍방 폭행 아닌가요? 물론 운경이는 때린 적이 없지만요.”

“그렇지, 그런데 운이 없었어, 그놈이 넘어지면서 무릎 인대가 좀 나갔나 봐. 지 혼자 쇼하다 넘어졌는데, 된통 크게 넘어졌나 봐. 수술하고 치료까지 전치 4주가 나온 거야. 운경이 자식 참 운도 없지, 어휴!”

“그렇군요. 정말 억울하네요. 아…….”

홍 선배는 식당 이모님이 푸짐하게 넣어 준 순대를, 숟가락 가득 얹어서는 입을 완전 크게 벌리고 넣었다. 맛있게 우물우물 씹는 홍 선배 입을 빤히 보던 인하는 테이블에 아예 숟가락을 내려놓았다. 목에 거친 모래가 걸린 듯 까끌까끌해 넘어갈 것 같지 않다.

“안 먹냐?”

“네, 입맛이 없네요.”

“다 살자고 먹는 거야, 인마.”

“그럼, 운경이는 입원이나 수술할 정도의 부상은 아니고요?”

“그렇지. 대부분 타박상이지. 그놈 기술이 아주 보통 아니여. 그렇게 팼는데 진단서 치료 상황 안 나오게 하고 말이야. 운경이는 그놈처럼 인대가 나갔다거나, 뼈가 부러졌다거나 그런 부상은 아니니까 정상 참작이 안 되는 것 같다. 몸은 엄청 아플 건데.”

인하는 심장이 쫙 오그라드는 것처럼 힘들었다. 복도에서 마주친 운경의 모습이 마치 인하인 것처럼 감정이입이 되었다. 홍 선배는 ‘순대가 푸짐하게 들어간 순댓국’ 마지막 한 방울의 국물까지 싹 마시고선 냅킨으로 입술을 꾹꾹 닦았다. 물 한 컵으로 식사 끝을 알렸다.

“인하야, 커피 마시지?”

“네.”

홍 선배는 식당 자판기에서 밀크커피 두 컵을 뽑아 와서 한 컵은 인하에게 주고 한 컵은 후루룩하고 한 모금 마셨다.

“운경이, 아버지 일 이후로 완전히 무너진 거지. 형사셨잖아.”

“네, 형사 맞으세요. 그런데 운경이 아버님이 왜요?”

“엉? 너 몰라? 운경이 아버님 몇 년 전에 사건 해결하시다 피의

자한테 칼에 찔려 돌아가셨어. 운경인 그때 군대에 있었고. 제대 앞두고, 말이야."

인하는 너무 놀라서 커피를 푸 뿜었다. 홍 선배는 "아이, 뭐야~" 하면서 인하를 흘겨보더니 아무렇지 않게 테이블을 닦았다. 인하는 어쩔 줄 몰라 얼굴이 빨개져서 "앗, 선배, 죄송합니다!"를 연발하며 테이블을 급하게 닦았다.

홍 선배 말에 의하면, 운경 아버지인 형사 하 계장은 인하가 대학교 4학년 때 돌아가셨다. 명동에서 운경을 꿈결처럼 만난 바로 그때가 운경의 마지막 휴가였고, 아버지의 장례식에 가는 길이었던 거다.

그때 운경의 표정이 아직도 손에 잡힐 듯 생생한데.

운경의 33개월 복무 기간 중 가장 행복해야 할 마지막 휴가는 가장 슬픈 휴가가 되었을 거다. 인하의 마음이 날카로운 것에 베인 듯 쓰라렸다. 운경이를 생각하면 왜 이리 쓰라릴까…….

그렇게 조용했던 소년이, 하지만 그 누구보다 단단해 보이던 그 애가 그렇게 무너져 있었을 줄은. 무표정한 얼굴 뒤에 고통이 있었고, 격한 분노 뒤에 상처가 있었다. 피해자를 돕다가 참혹하게 돌아가신 아버지의 장례를 치르며 어떤 마음이었을지 상상하는 것조차 미안했다.

인하의 손이 떨렸다. 운경은 깊은 상실감 속에서도 약한 누군가를 지키려 하고 있었다. 자신의 아버지처럼. 설령, 자신이 부서지더라도.

그 가을, 너와 걷던 길

# CHAPTER 15

# 말을 툭 덜어낸 굳은 약속
# 그 나무 기억나니?

　백열전구의 어두운 불빛 아래, 조용한 조사실. 낡은 책상 너머에 앉은 형사는 진술서를 손에 쥔 채 고개를 갸웃거렸다.

　"그럼 자네 말은, 폐지 손수레 끌던 할머니를 도우려다 그렇게 된다는 건가?"

　운경은 마른 입술을 축이며 고개를 끄덕였다.

　"네. 저는 때리지 않았습니다. 그 사람이 할머니를 또 발로 차려는 순간 할머니를 막아섰는데 그 사람이 제 어깨와 팔에 부딪혀서 넘어진 겁니다."

　형사는 무표정한 얼굴로 메모를 이어갔다.

　"음, 상대 무릎 인대가 손상되어서 진단서를 제출했어. 수술해야 하고 치료도 한참 해야 한다고 하는데. 처벌 의지가 강해."

　운경은 입을 꾹 다물었다. 고개를 숙여 무릎 위에 놓인 손등을 봤다. 수갑이 채워진 손등 위에 자잘한 상처가 나 있다. 운경은 문득, 형사였던 아버지의 유품이 든 작은 상자를 떠올렸다. 불의를 참지 말라고 했던, 약한 자를 도와야 한다고 했던 아버지. 하지만 불의를 막다가 이제는 운경 자신이 피의자가 되어 있었다.

"자네가 그 형사 아들이었다고? 형사계장이었지?"

형사가 고개를 들고 물었다.

"예, 맞습니다." 짧은 대답 뒤로 침묵이 흘렀다. 형사의 눈빛이, 잠시 흔들렸다. 그러나 그는 곧, 서류 모서리를 각 맞춰 정리하며 말을 맺었다. 뭔가 움직이는 감정의 결을 차단하는 느낌이었다.

"억울할 수 있지. 이런 경우에는. 하지만, 상대가 합의를 안 해 주면…불구속은 힘들 거다. 구속영장 나올 수도 있어."

운경은 그 말에 다시 눈을 감고 숨을 크게 내뱉었다. 손끝이 떨렸다. 구치소. 춥고 낯선 철창 속 어둠이 그의 머릿속에 드리웠다. 조사실 문이 덜컥 열리고, 경찰 한 명이 들어왔다.

"피해자 쪽, 이제 연락 안 받습니다. 강력한 처벌 원한다고 합니다."

말을 전한 경찰은 형사에게 덤덤히 종이를 내려놓고 나갔다. 운경은 아무 말도 하지 않았다. 그저, 조용히 의자에 등을 기대었다. 그리고 천장을 바라보았다.

"지독한 새끼 만났구만. 처벌불원서 작성해 주면, 불기소 처분 이나 약식 기소 가능도 할 텐데."

'아버지…아버지가 떠난 뒤, 나는 왜 점점 무너져만 가는 걸까요.'

이 과정이 끝나면 유치장을 거쳐, 구치소로 보내질 것이다. 크리스마스이브의 밤은 그렇게, 아무런 따뜻함 없이, 잔인하게 운경을 향해 달리고 있다.

인하는 경찰서 복도를 걸었다. 늦은 밤인데도 경찰서는 고요하지 않았다. 물론 조용할 때가 더 없지만. 어딘가엔 웅성거림이 있고, 어딘가엔 담배 냄새와 종이 넘기는 소리가 섞여 있다.

복도 끝까지 한참을 걷다가 문득, 유치장 앞 의자에 앉은 한 사람에게 시선이 머물렀다. 구겨진 하늘색 셔츠와 물 빠진 청바지. 하늘색 셔츠에는 여기저기 핏자국이 있고 청바지 역시 피인지 흙인지 얼룩이 있다.

수갑이 채워진 손목은 벌겋게 자국이 있다. 너무나 지친 눈. 조금은 빛바랜 형광등 밑에서도 낯이 익었다. 인하의 심장이 또 요동쳤다.

"운경…?"

그 이름이 작게 새어 나오자, 운경이 고개를 들었다. 순간, 둘의 눈이 마주쳤다. 운경의 눈빛은 놀라지 않았다. 오히려 어제 만난 듯했다. 그러나 입꼬리는 조금 떨렸다.

"인하야, 왜…네가…여기에 있어." 운경은 낮지만, 다정한 목소리로 말했다.

'운경아, 너는 이런 상황에서도 왜 그렇게 다정한 목소리니…'

인하와 운경은 8년을 만나지 못한 건 꿈이라는 듯 담담하게 말을 주고받았다.

"응, 선배 기자 만나러 왔어."

운경은 대답 대신 유치장 안쪽을 힐끔 돌아봤다. 잠시, 말이 끊겼다.

"조금 다퉜어. 사람이 다쳤고. 나한테 부딪쳐 넘어졌어. 변명 같지만, 그냥 그렇게 되었다."

인하는 아무 말도 하지 못했다. 그의 손등에 난 상처들, 속눈썹 아래 깊게 드리운 그림자. 하지만 말보다 무너진 침묵이 더 많은 것을 말하고 있다.

"나, 구치소 갈지도 몰라." 운경은 웃으며 말했다. 무표정한 얼굴 위로, 아주 희미한 웃음이 덮였다. 그리고 운경답지 않게 급하게 말을 더듬었다. 불안해 보였다.

"난, 난…가만히 있지를 못하겠어. 아버지가 그렇게 돌아가신 후로, 뭐든 멈출 수가 없었어. 그냥, 그냥 계속…뭘 해야 할 것 같았어. 아, 그래, 맞아, 너는 우리 아버지 돌아가신 거 모르지…"

"운경아. 아버지 얘기는 들었어. 너무 늦게 알아서 미안해. 정말 미안해."

인하가 조용히 이름을 부르자, 운경은 슬픈 표정으로 고개를 떨구었다. 유치장 형광등 불빛이 그의 어깨 위로 무겁게 내려앉았다. 그 불빛 아래, 두 사람 사이의 시간도 멈춘 듯했다.

밖은 여전히 크리스마스 분위기일 것이다. 거리에는 즐거운 캐럴이 울려 퍼지고, 아이들은 양손에 빵을 들고 뛰어다니고 있을 것이다. 교회 중, 고등부, 청년부에서 새벽 송을 도는 지, 맑은 새벽 송 소리가 들렸다. 인하와 운경은 동시에 쳐다봤다.

두 사람의 마음에, 크리스마스이브 새벽 송의 영롱한 추억을 동시에 느꼈다. 누구랄 것도 없이 둘 다 눈물이 그렁그렁했다.

"운경아, 우리 새벽 송 할 때 부르던 찬양이다. 그치?"

인하와 운경은 서로를 보며 나지막한 소리로 새벽 송을 정확하게 따라 불렀다. 끝나지 않았으면 좋겠는 새벽 송이 끝난 이곳은, 그 모든 것과 멀리 떨어진, 슬픔의 가장자리에 가까운 곳이다.

"여기 있으니까, 다 내려놓아야겠다는 생각이 들어. 그동안, 쓸데없이 세상하고 싸우느라 아까운 시간을 놓친 것 같아."

두 사람 사이엔 한 걸음이면 바로 닿을 물리적인 거리, 그러나 영원히 닿지 않는 마음의 벽 하나가 있다. 자세히 보니 운경은 많이 말라 있다. 거칠어진 손, 어깨 가득 짊어진 상처, 어느샌가 둘 다 숨소리마저 조심하고 있다.

만약 누구라도 말하면, 지금 이 공기가 깨질 것 같았다. 한참을 그렇게, 서로의 얼굴만 바라보았다. 침묵을 깨고 인하가 먼저 입을 열었다.

"…그 나무, 아직 있더라."

운경의 눈동자가 미세하게 흔들렸다.

"주공아파트 103동 정문 앞에 있던 나무 말이야. 우리가 처음으로 함께 걸었던 그날…커다란 나무."

운경은 조용히 고개를 끄덕였다. 한 번도 잊지 않고 기억하는 나무…….

"나중에 나오면…그 나무 아래서 보자."

그 말은 '기다릴게.'라는 말도, '잊지 않을게.'라는 말도 아니었다. 그보다 더 오래 가는, 긴말을 툭 덜어낸 굳은 약속이었다. 운경은 천천히 고개를 숙였고, 그의 눈가에 작은 떨림이 스쳤다.

코끝이 얼 것처럼 차가운 날씨였지만, 둘 사이의 공기는 비현실적으로 따뜻했다.

# 엄마, 안녕!
# 꼭 다시 만나 사랑해

1997년 7월, 인하가 취재기자가 되고 4년이 좀 넘었을 때다. 일을 잘해도 칭찬 한번 하지 않는 깐깐 마왕인 편집국장한테, 처음으로 넘치는 칭찬을 받고 회식한 날 어머니가 돌아가셨다.

인하 어머니는 1년 전부터 거동이 불편해 병원에 입원한 상태인데, 편집부 기사 마감 회식을 하던 중 병원 수간호사에게 급하게 연락이 왔다. 인하는 팀원들한테 어떻게 인사하고 나왔는지 생각나지 않을 정도로 정신이 없다.

떨리는 손을 흔들어서 택시를 잡아탔는데, 라디오에서 '게리 무어'의 'One Day'가 흘렀다. 게리 무어의 기타 소리에서 눈물이 흐르는 것 같다.

인하는 다리에 힘이 풀려 넘어지고 일어나고를 몇 번 반복하면서 병원에 도착했고, 중환자실 문을 연 순간 어머니가 '후'하고 숨을 크게 내쉬었다. 수간호사 말로는 몇 시간 전부터 좀 상태가 불안하다가 급속도로 나빠져서 연락했다는 것이다.

호흡이 계속 불안하다가 인하가 병실 문을 연 순간 숨을 크게 내쉬면서 호흡이 돌아왔다고 했다. 인하는 얼른 어머니 옆으로 다가가서 어머니 손을 잡았다. 어머니 안색이, 입술이 하얀 눈처럼 창백했다. 인하는 어머니의 이마부터 뺨까지 연신 쓰다듬었다. 그러고는 어머니 귀에 대고 속삭였다.

"엄마, 늦어서 미안해. 난 왜 누구에게나 항상 늦을까? 엄마, 정말 미안해."

어머니는 힘들게 고개를 저었다. 마치 "인하야, 아니야, 넌 늦지 않았어. 항상 먼저 그 자리에서 지켜 주잖아. 넌 어디 가지 않고 늘 그 자리에 있잖아. 엄마가 고마워."라고 말하는 것 같다.

"엄마, 그렇지 않아도 오늘 아프리카에서 언니 편지가 왔어. 언니 선교사로 가서 엄마가 정말 기뻐했잖아. 엄마, 내가 읽어줄게. 하나도 놓치지 말고 잘 들어야 해. 알았지?"

어머니는 눈을 한번 깜박 움직였다. "그래, 빨리 읽어줘."하는 것처럼……

"엄마, 나 정하야. 평생 속 썩여서 정말 미안해. 어렸을 때 엄마와 같이 다니고, 엄마가 알려주는 얘기를 잘 들으면서 살아야 했는데, 늘 엄마 무시하고 친구만 중요하다고 밖으로만 다녀서 미안해. 엄마가 가르쳐주고 보여주는 모든 걸 존중하고 배워야 했는데, 그 귀한 시간을 어리석게 흘려보냈어, 나만 잘났다고 엄마 가르침을 외면해서 정말 미안해. 곧 만나. 우리 셋이. 엄마랑 나랑 인하랑. 엄마, 사랑하고 존경해. 그리고 인하야, 언니가 미안해, 너한테 항상 너무 많은 짐을 줘서 미안해."

인하가 정하의 편지를 다 읽자, 어머니의 호흡이 멈췄다. 인하의 세상이 멈췄다.

구치소 밖은 활기찼다. 1997년 7월의 날씨는 뜨거운 열기로 가득했지만, 초록의 풍성함이 앞서 자리를 차지한 그런 날씨다. 운경은 푸르른 하늘을 올려 보면서 공기를 최대한 크고 깊게 들이마셨다. 공기를 아주 다 마셔 버리겠다는 의지가 보였다.

운경 여동생인 운민은 평소 아버지에게 불만이 많아 아버지에게 늘 대들었다. 운경 아버지는 약간 퉁명스럽지만, 자상하고 가정적이어서 운경과 운민을 끔찍하게 아꼈다. 그런 만큼 딸의 반항은 아버지를 슬프게 했다.

하지만 운경의 아버지가 사망하면서, 운민은 어머니를 철저하게 돌보는 효녀로 변화했다. 같은 사람인가 싶을 정도로 바뀌어서 두려울 정도였다. 오히려 부모님께 잘하고 여동생을 잘 챙겨주던 운경이 사고를 쳤다.

어느 날 운민이 구치소에 있는 운경에게 찾아와서는, 나이 차이가 크게 나는 누나처럼 신신당부했다.

"엄마 모시고 시골에 갈 거야. 엄마가 아부지 고향에서 살고 싶대. 엄마 몸도 많이 아프니까 내가 잘 돌볼게. 오빠는 아무런 걱정하지 말고, 밥 잘 먹고 지내다가 나오면 자유롭게 살아. 오빠 이제는 어울리지 않은 옷을 원래 옷으로 갈아입어."

"어울리는 옷이라니?"

"원래 우리 오빠 하·운·경으로 돌아오라고. 모범생 하운경 말이야. 그만 까불고."

"모범생이라⋯⋯."

"남의 옷 입고 너무 오래 살면 탈 난다. 나중에 아부지 만나서 혼나기 싫으면 정신 차려라. 나도 아부지한테 혼날까 봐 겁난다고. 흐흐흐. 우리 오빠로 다시 돌아오라고!"

살가운 표현 한번 하지도 않는 운민이, 난생처음 이렇게 부드럽고 진지하게 말하니까 운경은 얼떨떨했다. 그러면서 든든했다. 막혔던 목이 확 열리는 것 같았다.

운경은 아직 해가 완전히 뜨기도 전, 퀭한 눈으로 일어났다. 새벽 5시. 물만 마신 후 땀 자욱이 많이 묻은 작업복을 그대로 입고 공사장으로 향했다. 출소한 지 한 달도 안 된 그에게 세상은 좀 더 가혹했다.

'전과자'라는 낙인은, 어디서든 진입을 막는 벽이 되었다. 그래서 그는 묻지 않는 곳을 택했다. 공사장이다. 말없이 삽을 들었다. 두꺼운 안전모에, 목이 늘어진 조끼. 모래를 퍼 담고, 시멘트를 나르고, 자재를 옮겼다. 삶이란 것을 붙잡고 싶어 몸으로 밀어붙이는 하루다.

"야, 하군아! 거기 좀 단단히 다져!"

현장 반장이 고함을 치면, 그는 대답 대신 부지런한 삽질로 응답했다. 땀이 눈을 타고 흘러내려도, 닦을 시간도 없다. 점심은 컨테이너 안에서 했다. 뜨거운 해를 피해 들어오는 거지만, 작은 선풍기 두 개가 연신 돌아가도 차곡차곡 달궈진 컨테이너의 열기를 가시기에는 역부족이다.

검은 비닐봉지에 든 백반 도시락을 꺼내서 말없이 씹고, 꿀꺽 삼켰다. 생각은 일부러 멈췄다. 그래야 일을 순조롭게 하니까 말이다.

라디오에선 낯선 아이돌 이름들이 흐르고, 밖에선 아이들이 게임기를 서로 하겠다고 투닥거린다. 그 모든 소음은 운경에게 멀고, 마치 무음처럼 느껴졌다. 해가 질 무렵, 철근을 옮기다가 손바닥이 조금 찢겼다. 피가 맺혔지만, 그는 그냥 흙을 더 만졌다.

"형아, 손 아프죠. 저기, 어, 물 좀 드릴까요?"

어디선가 갑자기 나타난 현장 반장 김 씨 아저씨의 초등학교 2학년 아들 경수가 운경에게 물통을 쓱 건넸다. 상처에 물통의 물을 흘려보냈다. 꼬마 이름은 경수인데, 자기 아버지가 일하는 이곳에 자주 온다. 운경을 처음 만난 날부터 어찌나 싹싹하고 귀여운지 경수 덕에 공사장 적응을 빨리 할 수 있었다.

거짓말 조금 보태서, 자기 윗몸만큼 한 가방을 메고 열심히 따라다니면서 "형아, 형아!"라고 불러 주는 것부터 예뻤다.

"야, 인마, 형 귀찮어. 그만 따라다니고 말 좀 그만 걸어~ 아, 그 녀석 참 나…"

김 씨 아저씨는 저기 멀리서 벽돌을 정리하면서 경수한테 눈을 흘기고 소리 질렀다. 운경은 그런 김 씨 아저씨를 보며 살짝 웃었다. 싱그러운 웃음이다.

초롱초롱한 눈으로 운경을 올려다보는 경수에게 눈을 찡긋하고는 살짝 고개를 끄덕였다. 운경의 웃음을 보고 경수는 입이 벌어져서 같이 활짝 웃었다. 운경의 웃음은 그렇게 옆 사람의 긴장을 풀어준다.

과천 중심가에서 조금만 벗어나면, 경마장 뒤편으로 문원동 산자락이 펼쳐진다. 북한산의 한 자락에 걸쳐진 이 동네는, 도심이

라기보단 아직은 시골의 숨결이 남아 있다. 하지만 도시와 자연, 낙후와 가능성이 공존하는 공간이다.

비탈진 흙길, 옹기종기 늘어선 슬레이트 지붕의 집들. 연탄보일러 굴뚝이 겨울이면 하얗게 연기를 토하고, 빨래가 골목마다 펄럭인다. 하수도 뚜껑은 시멘트로 덮여 있고, 밤이면 가로등이 드문드문해서 별빛이 더 또렷하다.

운경은 공사장에서 퇴근한 뒤, 고물상 옆 좁은 골목을 따라 언덕을 오른다. 귀에 꽂은 이어폰에서 '딥 퍼플(Deep Purple)'의 'Soldier of fortune'이 흐른다. 야학이 열리는 곳은 작은 교회를 개조한 공간. 삐걱 소리가 나는 낡은 철제문을 밀면, 낮엔 공사장 인부로 밤엔 선생님이 되는 그의 또 다른 하루가 시작된다.

아이들은 검정 고무신을 끌고 들어오고, 아주머니들은 시장에서 팔고 남은 채소 바구니를 옆에 놓고 앉는다. 때로는 아기 업은 새댁 아주머니가 수줍어하며 문밖에서 수업을 듣는다.

형광등 하나 달린 좁은 방, 칠판은 검은 페인트를 덧칠한 나무판이고, 교재는 낡은 공책과 복사한 동화책 한두 권이다. 문밖엔 풀벌레 소리가 가득하고, 고양이가 가끔 천장 위를 걷는다.

그 안에서 운경의 안색은 밝게 빛났다. 누구보다 진지한 눈으로 글씨를 가르치고, 잘 못 써도 "괜찮아요, 잘하고 있어요."라고 씩 웃는다. 교실은 초라하고 작지만, 운경이 세상과 다시 연결되는 장소다.

1997년 7월에 태국에서 시작된 금융 위기가 한국을 포함한 아시아 전역으로 확산하고, 한국 경제에 큰 타격을 주었다. 한국은 지금 너나 할 것 없이 허리띠를 졸라매고 캄캄한 터널을 통과하기 위해 한마음으로 애쓰고 있다.

해가 지고 도시 뒷골목이 어둠에 묻힐 때, 운경은 일하던 공사장에서 묵은 먼지를 털고, 작은 손전등 하나 들고 이렇게 골목길을 오른다.

야학의 칠판은 삐걱거리고, 하얀 분필은 늘 짧다. 문짝은 덜컹대고, 의자는 높이가 다 다르다. 하지만 그곳엔 눈망울이 또렷한 학생들이 있다. 초등학교 못 나온 아주머니, 편지를 읽고 싶어 하는 등이 구부정한 할아버지, 동생 돌보느라 학교를 못 가는 열두 살 아이. 운경은 천천히, 아주 천천히 말을 걸었다.

"이건 '사랑'이라는 글자예요. 사람인(人)에, 마음 심(心). 사람의 마음이 모이면 사랑이 되죠."

아이 하나가 삐뚤빼뚤 따라 쓰고, 할아버지가 그걸 뚫어져라 바라본다. 운경은 웃었다. 목이 쉬어도, 팔이 아파도, 그곳에서는 운경이 선생님이다. 누군가가 운경을 필요로 하는 자리 말이다. 수업이 끝나면 아이가 매일 똑같은 질문을 했다.

"형, 우리 내일도 해요?"

운경은 가만히 고개를 끄덕였다.

"그럼. 내일도, 모레도 하지. 그게 우리 모두 살아가는 이유니까."

그 가을, 너와 걷던 길

# 야학의 보물, 바로 그대들

　가난하고 투박한 일상에서 피어나는 웃음과 울림이 공존하는 순간이다. 운경에게 야학은, 따뜻하면서도 코믹한 감동이 스며드는 만화책의 장면처럼, 웃음과 사랑을 선사한다.

　명길이는 산동네에서 자라는 12세 꼬마이다. 운경에게는 한없이 꼬마인데 어떻게 동생들을 돌보는지 존경의 마음이 든다. 명길의 부모님은 매일 일을 나가셔서 명길이가 동생 둘을 돌보느라 학교에 다니지 못하는데 말은 좀 거칠어도 속정이 깊고, 운경을 은근히 좋아한다. 수업이 끝나면 동네 계단을 내려가는 운경을 따라 내려가면서 종종 묻곤 했다.

　"형, 나는 커서 뭐가 되면 좋을까?" 운경은 늘 한결같이 대답했다.

　"명길이 하고 싶은 거 다 해. 그러면 되는 거야."

　비좁은 교실 안, 형광등이 깜빡인다. 운경은 칠판에 단어를 적었다.

　"자, 오늘은 '기억'하고 '기억하다'의 차이를 알아볼 거야."

뒷줄에 앉은 명길이가 손을 번쩍 들었다.

"형! '기억하다.'는 내가 오늘 뭐 먹었는지 기억하는 거지?"

운경이 웃으며 끄덕였다.

"그래, 뭐 먹었는데?" 하니까 명길이가 정색한다.

"몰라. 기억 안 나." 학생들이 푸하하 웃었다.

"야, 그럼 '기억하다.' 실패한 거지."

"선생님, 걔 아침에 엄마 몰래 라면 국물만 먹었다고 했어요!"

"아니야! 면도 두 가닥 먹었어!"

운경은 웃음을 꾹 참고 책상에 기대앉았다.

"그래, 좋아. 그럼 '기억'은 뭐지?" 명길이가 말했다.

"그냥 생각나는 거. 잊고 싶은 것도 자꾸 떠오르는 거."

떠들썩하다가 순간 조용해진 교실. 운경은 그 말에 자신도 모르게 고개를 끄덕였다. 자꾸 떠오르는 아버지, 구치소의 날들, 그리고 아직 못 지운 사람. 하지만, 명길이의 그 조그마한 입에서 그런 말이 나올 줄은 몰랐다. 그때 김종태 할아버지가 입을 열었다.

"나는…손주가 나한테 처음으로 '할아버지 사랑해요.'라고 쓴 편지를 기억해. 그때 그거 읽을 줄 몰라서 종이에 눈물만 떨어졌어. 그래서 여기 온 거야. 이제야 그런 글자인 줄 안 거지."

모두 조용해진 교실. 명길이만 혼잣말처럼 툭 내뱉는다.

"근데, 선생님."

"응?"

"형은 우리 기억 속에 남을 것 같아."

"왜?"

"진짜 못생겼거든. 절대 잊을 수가 없어."

잠시의 정적 뒤, 교실이 한바탕 웃음바다가 되었다. 운경도 어깨를 들썩이며 웃는다. 웃지만 눈물이 난다. 명길이의 실 없는 농담 속에는 눈물이 섞여 있다.

"내 동생들 학교 다닐 때는 학교에서 이런 거 가르쳐 줬으면 좋겠어요. 물에 빠졌을 때 나오는 방법, 얼음 구덩이에서 탈출하는 방법, 어⋯그리고 고생 안 해야 하니까, 돈 잘 모으는 방법 그런 거요. 공부랑 같이요."

언젠가 명길이가 했던 말이 갑자기 떠올랐다. 본인은 무식하다고 하지만, 운경은 명길이가 가장 똑똑하고 사랑 많은 아이라고 생각한다.

순자 아주머니는 시장에서 채소 장사를 하는 48세의 억척스러운 여인이다. 일찍 남편을 여의고 혼자 두 자녀를 키우며 살았는데, 글을 몰라 장부도 못 쓰고 계약서에는 도장만 쾅쾅 찍던 과거를 후회해 공부를 결심했다.

언젠가는 본인의 채소 가게 간판에 직접 글씨를 쓰는 게 꿈이라는 말도 잊지 않았다.

"선생님! 오늘은 진도 나가지 말고, 제 이름 쓰기 연습 좀 해줘요!"

순자 아주머니가 두 팔 옷소매를 야무지게 걷어붙이며 소리쳤다.

"장사하다가 또 도장 찍으라기에, 이번엔 사인하려고 했더니 사인 대신 스마일 그렸잖아요. 이게 뭐예요, 이게!"

운경은 웃음을 꾹 참으며 말했다.

"그럼, 오늘은, '김순자' 석 자, 특훈 들어갑니다."

칠판에 큼직하게 이름을 써주자, 순자 아주머니는 진지하게 연습장에 받아 적기 시작한다.

"김…숭…자? 아니, 순…자."

"순(順)입니다. 아주머니 인생처럼 '순하게' 사셨다고요."

"선생님, 나 안 순했어요. 난 지독하게 살았지. 애 둘 업고 남편 장례 치르던 날도 시장 나갔어요."

교실이 조용해진다. 갑자기 뒤에서 명길이가 말을 툭 내뱉었다.

"그날, 김순자가 깻잎을 팔았다! 이건 무슨 드라마 제목이야?"

학생들이 깔깔 웃었다. 순자 아주머니도 배를 붙잡고 "으하하, 김순자가 깻잎을 팔았다고. 맞아. 깻잎도 팔지, 당연히. 아이고 배야!"라고 하면서 크게 웃었다.

"그래, 드라마지. 내가 주인공이었네."

순자 아주머니는 연습장에 글자를 다 채운 뒤, 떨리는 목소리로 말했다.

"선생님, 저 이거 간판에도 써볼래요. '김순자 채소' 어때요? 좀…촌스러워도 멋지잖아요."

운경은 고개를 끄덕였다.

"촌스러운 게 아니라, 따뜻하죠. 아주머니 이름엔 힘이 있어요."

그 순간 순자 아주머니의 눈가가 붉어졌다.

"처음이거든요. 내 이름을 내가 쓴 게."

그날 밤, 야학의 낡은 전등 아래 '김순자'라는 글자가 누구보다 당당하게 연습장 위에 남았다.

폐지를 주워 생계를 잇는 어르신, 김종태 할아버지는 70대 초반이다. 글을 배우러 온 목적은, 손주에게 편지를 쓰고 싶어서다. 고된 몸으로 매일 출석하고, 공책 한 장도 무척 진지하게 넘기는 김종태 할아버지는 평소 말을 아끼지만 운경에게는 딱 한 번 이런 말을 했다.

"선생님 같은 사람이 내 인생에 있었다면…좀 덜 외로웠을 텐데."

그리고 오늘 무척 조심스럽게 말했다.

"선생님, 오늘은 글씨 말고… 편지 한 장 써보고 싶어. 우리 손주가 이번 주 생일이거든. 근데 나 그놈한테… 한 번도 편지 못 써봤어."

운경은 고개를 끄덕이며, 조용히 흰 종이 한 장을 내밀었다. 할아버지는 연필을 손에 쥐고, 연습하던 자음부터 꾹꾹 눌러썼다.

"ㅅ…"

옆자리의 명길이가 슬쩍 고개를 내민다.

"할아버지, '사랑해' 쓰려고요? 그럼 'ㅅㅏ ㄹㅏ ㅇ ㅎㅐ' 이렇게 붙여야 해요."

"이 자식, 어디서 들었는진 몰라도 다 아네."

할아버지가 껄껄 웃으며 한 글자씩 따라 써 내려갔다.

"사랑하는 우리 재호야, 할아버지는 네가 웃는 얼굴을 제일 좋아한단다. 학교 열심히 다니고, 친구들이랑 사이좋게 지내렴. 할아버지가 멀리서 늘 기도하고 있어. 사랑해. 재호야."

편지 끝에 도달하자 할아버지의 손이 멈췄다. 손이 미세하게 떨렸다.

"…내가 이런 글을 다 쓰게 될 줄이야."

김종태 할아버지는 작게 중얼거리며 안경을 벗었다. 눈가가 촉촉하다. 그 모습을 본 운경이, 바지 주머니에서 손수건을 꺼내 할

아버지한테 말없이 내민다. 다들 눈물을 글썽였다. 명길이는 뒤에서 또 말을 툭 던졌다.

"재호가 그거 읽고 울면, 할아버지 정말 '짱'임!"

할아버지가 아주 크게 웃으며 말했다.

"그래, 인석아! 할아버지는 옛날에 '짱돌'이었지. 요즘은 그냥… 손주 녀석한테 좋은 기억 한 조각이라도 주고 싶을 뿐이야."

그날 밤, 김종태 할아버지는 편지를 봉투에 넣기 전, 큰소리로 다시 읽어본다. 세상에서 가장 따뜻한 목소리로.

이웃 교회 대학부의 자원봉사자인 나리는 행정 보조와 청소, 간식 준비 등을 돕는다. 낯을 굉장히 가리지만 성실한 성격으로 20대 초반이다. 운경과는 서로 말을 많이 하지 않지만, 가끔 짧게 마주치는 눈빛만으로 서로에게 감사함을 표현한다. 유일하게 운경의 과거를 알지만, 있는 그대로의 운경을 존중했다.

“쉿! 오늘 선생님 생일이래!”

야학이 시작하기 전 나리가 명길이에게 귓속말을 건넨다.

“그래? 근데 몰래 해줘야 감동이지, 감동!” 명길이는 눈알을 한 번 굴렸다.

“그럼…내가 초코파이 두 개 구해 올게. 너는 혹시 집에 촛불 있니?”

“있지! 엄마가 전에 생일 때 쓰고 남은 거, 그 두 개는 휘었지만, 불만 붙으면 되잖아!”

수업이 끝나고, 교실 불이 탁 꺼졌다. 운경은 당황해서 말했다.

“명길아, 또 전기 끊긴 거냐?”

그 순간, 어둠 속에서 촛불 두 개가 반짝 켜졌다. 그리고 삐끗한 박자에 맞춰 노래가 시작되었다.

“생일 축하합니다~생일 축하합니다. 사랑하는 선생님, 사·랑·합·니·다~”

종이컵에 담긴 미지근한 쌍화차 한 잔은 맛있는 음료가 되고, 초코파이 두 개는 소중한 케이크가 되었다. 교실 가운데 앉은 운경은 말이 없다.

“선생님 울어요?” 나리가 조심스레 묻자, 운경은 고개를 저으며 활짝 웃었다.

"아니야. 그냥…이 초코파이, 세상에서 제일 달콤하다."

야학의 웃음 폭탄, 명길이도 역시 한마디 보탰다.

"그래도 선생님, 진짜 케이크 먹고 싶었죠?"

"응, 근데…" 운경은 조용히 말했다.

"오늘은, 이 초코파이로, 내가 가르친 이유를 다시 '기억'한 것 같아."

촛불이 꺼지고, 다시 전등이 켜지면서 하하하 웃음이 터지고, 종이컵을 부딪치는 소리가 야학의 밤을 환하게 밝혔다. 이런 상황에 공부 복습을 하는 운경의 등을, 명길이가 '인디언 밥'으로 두두두두 두드렸다.

야학 막내 나리가 준비한, 작고 소중한 생일 작전은 웃음과 감동이 함께 묻어나는 소중한 선물이었다.

장난기 많은 명길이가 처음으로 진지하다. 운경에게 진로 상담을 하고 싶다고 했다.

"선생님, 나 진지한 얘기 해도 돼요?"

갑자기 그런 말이 나오자, 교실 안이 정적에 잠겼다. 늘 웃고, 장난만 치던 명길이라서 더욱 그랬다.

"나…꿈이 없어요." 명길이의 말끝이 조금 떨렸다.

운경은 조용히 명길 옆에 앉았다. 그리고 명길이 쪽으로 몸을 조금 돌렸다.

"왜 그렇게 생각했어?"

"다들 막, 경찰이 된다, 간호사가 된다고 그러잖아요. 근데 나는…그런 거 하나도 모르겠어. 나중에 아르바이트하고, 돈 벌고, 그렇게 살다가 그냥 끝날까 봐, 좀 겁나요."

평소 같았으면 운경은 "명길아, 너는 개그맨이 딱 맞아. 흐흐흐." 하고 웃었을 거다. 하지만 운경은 낮고 조용하지만, 힘 있는 목소리로 말했다.

"너는…가르치는 사람 어때?"

"제가요? 선생님, 저 무식한데요?"

"무식해서 가르치는 거야. 나도 그랬어. 처음에는 나 자신이 부끄러워서 공부했고, 그러다 누굴 가르쳐보니…나한테도 누군가에게 줄 수 있는 게 있다는 걸 알았거든."

명길이는 고개를 숙였다.

"나도, 그러니까 나도, 누군가한테 그런 사람이 될 수 있을까요?"

"당연하지!" 운경은 명길이의 어깨를 툭 쳤다.

"넌 이미 누군가에게 하루의 웃음이잖아. 사실 그게 제일 큰 힘이야."

명길이는 살짝 웃으며 말했다.

"그럼, 선생님, 나 교사 말고 '희망 배달부' 같은 거 하면 안 돼요?"

"하하하, 그건 네가 이미 하고 있는 거야."

명길이는 낡은 연습장 첫 장에 이렇게 적었다.

'내가 누군가의 힘이 될 수 있다면, 그걸로도 괜찮다.'

그날 야학 수업은 일찍 끝났다. 학생들이 하나둘 돌아가고, 작은 방 한구석에 남은 건 운경과 은재다. 은재는 말이 없는 아이다. 어릴 적 고열로 언어가 늦어졌는데, 그래서 11세 은재는 동네에서 '느린 애'라 불리며 자랐다.

"은재야, 이거 읽어줄까?"

운경이 꺼낸 건 <강아지 똥> 그림책이다. 은재는 살짝 고개를 끄덕였다. 운경은 조용히 책장을 넘기며 읽기 시작했다.

"강아지 똥은 아무짝에도 쓸모없다고 생각했대."

은재는 책 속의 '강아지 똥'처럼 늘 어디에도 속하지 못하고, 구석에서 조용히 눈치만 봤다.

"하지만 민들레가 말하길 나에게 꼭 필요한 건 바로 너라고 했대."

동화책을 읽던 운경의 목소리가 잠시 멈췄다. 은재가 눈을 깜박이지 않고 동그랗게 뜨고 있기 때문이다. 은재의 눈망울이 살짝 촉촉했다.

"저도…쓸모 있어요?"

은재가 작은 목소리로 말했다. 운경은 책을 덮고, 조용히 대답했다.

"은재야, 너는 이미 누군가에게 민들레야. 너처럼 조용히 웃어주는 사람이 세상에서 제일 큰 힘이야."

그날 밤, 은재는 처음으로 운경에게 말했다.

"선생님, 고마워요."

'조금 느린 아이'에게 읽어주는 나지막한 이야기는 이렇게 크고 선명했다.

그 가을, 너와 걷던 길

# CHAPTER 18

# 그 가을, 너와 걷던 길

지하철이다. 지하철에는 오늘따라 중학생, 고등학생이 아주 많다. 시간대 자체가 학생들의 등교, 하교 시간이 아니지만 많았는데, 학생들은 다 아는 사이인지 즐겁게 떠들고 웃었다. 평소 같으면 시끄럽다고 생각할 정도의 소음이었지만 오늘은 이상하게도, 학생들의 소리가 정겹게 느껴졌다.

교회 학생들인 것 같다. 일부러 들으려고 한 건 아닌데 교회 '문학의 밤'을 가는 학생들이다. 각자 맡은 포지션별로 얘기할 거리가 많은지 열정적으로 열변을 토하는 학생도 있고, 각자의 친구들 발표를 보러 간다는 학생도 있고, 어쨌든 학생들한테는 매우 중요한 일인 게 틀림없으므로, 심각하면서도 즐거운 행동이 참 귀여웠다.

'좋은 때지, 그래, 정말 행복한 때야, 애들아…'

인하는 불현듯 그때가 떠올랐다. 중학교 3학년 교회 하계 수련회. 슬프고 어두웠던 독산동 단칸방에서 밝고 영롱한 과천의 아파트로 온 그해 하계 수련회 말이다. 물론 운경도 있었다.

성경 구절을 외워 합격하면 식당 자리에 당당하게 앉아 맛난 식사를 했다. 그리고 잠깐의 휴식을 하고 모인 그 저녁, 그 자갈밭… 한낮의 뜨거운 공기는 어느새 산산한 바람으로 바뀌고, 경쟁하듯 번갈아 우는 매미 소리, 풀벌레 소리가 하늘에 높이 뜬 달과 함께 학생들의 오감을 건강하게 툭툭 건드렸다.

'그곳 기도원' 하계 수련회의 저녁 집회 시간은 마치 어제 일처럼 생생하다. 청결한 흰색의 자갈밭 밑의 흙에 깊이 박은, 기다란 나뭇가지 양쪽에 묶은 파란색 소박한 줄에, 알맞은 간격으로 걸린 노란 백열전구와 푸르스름하게 하얀 다른 전등의 조화.

모나지 않은 동글동글하게 귀여운 작은 돌이 빼곡하게 깔린 자갈밭에, 양반다리를 하고 앉은 중학교 1학년부터 고등학교 3학년까지의 남학생과 여학생들은 특별 강사로 초청된 목사님의 열정적인 설교를 귀 기울여 들었다.

강사 목사님의 설교는 눈물이 쏙 빠지도록 감동적이었고, 배꼽이 아프도록 재밌었다. 다들 크게 울고 또 크게 웃었다. 여러 색깔의 감정이 휘몰아치는 그 여름밤 자갈밭의 공기는, 싱그러운 풀 내음은, 따스한 분위기는, 용기와 위로, 추억이 되어 인하와 운경의 현재를 동일하게 붙들어 주고 있다.

지하철에서 내려 버스로 갈아탔다. 옛날처럼 똑같이 그렇게, 버스 창문으로 보이는 풍경이 크게 달라지지 않아 반가웠다. 버스 정류장 가판대에서 커피를 직접 타서 판매하는 아주머니가 보였다.

가을날로 가고 있으니, 따뜻한 커피를 마시고 싶은 사람이 하나둘 생겨났다. 버스, 지하철을 탈 사람보다는 내리는 사람이 대부분 커피를 마시는 것 같다. 열린 버스 창문 사이로 고소하고 향긋한 커피 향이 인하 코로 솔솔 들어왔다.

커피 향을 맡자 갑자기, 생전 어머니가 했던 말이 떠올랐다. 어떤 날 실수로 평소보다 커피 가루를 좀 더 많이 넣은 커피를 마시던 어머니.

"앗, 커피가 진해졌네. 아휴…"

"엄마, 커피 마시다가 갑자기 왜 울어?"

"응, 인하야. 커피가 참 진하네. 원래 엄마 마시는 커피보다."

"커피가 진해서 먹기 힘들어? 설마, 그래서 우는 거야?"

"아니, 그게 아니라…"

"그럼, 왜?"

"있잖아, 이 커피 맛이 옛날 엄마 교회 친구들과 마시던 그 커피 맛이 나네. 대학교 1학년 때 커피점에서 마시던 그 커피 맛.”

“엄마가 자주 말하던 그 ‘오델로 커피점’? 그리워, 그때가?”

“응, 그리워. 너무 그리워서 마음 아파.”

그랬다. 어머니의 진한 커피는 단순히 커피 맛만의 기억이 아닐지 모른다. 그때 함께 있던 친구들과의 찬란했던 젊은 날의 추억일 것이다. 대단할 것 없는 대화였지만, 그 자리가 그립겠고, 따스한 커피점의 나무색 공기까지 생생한 건 이미 나이가 많이 든 어머니의 현재만 있기 때문일 것이다.

아니, 그때가 그립기보다는 그때의 어머니와 친구가 그리운 게 아닐까…….

“인하야. 어른들이 그러잖아. 지난 시절이 가장 행복할 때라고. 하지만 당시에는 소중한 걸 모르고 막 지나는데 훗날 나이가 많이 들면 그때가, 주체하지 못할 정도로 그립다. 정말이야. 아프게 그리워. 엄마도 그래. 너희가 친구들과 나눠 먹던 떡볶이, 그 가게의 느낌, 그때 들은 음악, 그때 웃었던 웃음, 펑펑 눈 오는 날 추운 줄도 모르고 친구들과 눈밭을 막 뛰어다니던 그 마음, 커피가 진한데 하면서도 기분 좋게 마시던 알싸한 커피의 맛. 진한 커피의 맛과 동시에 맡아지는 카페의 그토록 따스한 공기, 그 모든 게 그립고 아름답지. 사람의 지난날은 고통의 비율이 높아도 애틋한 기억이 더욱더 많은 건, 아마도 추억을 먹고 살기 때문일 거야. 추억은 기억하라고 있는 거라는 말도 있지만, 우리 인하는 지난날의 추억을 그리워만 하지 않게, 바로 그때를 딱 붙잡았으면 좋겠어. 사람도, 느낌도. 바로 지금이 너무 소중한 시간이라는 걸 잊지 말았으면 좋겠어. 엄마는 우리 인하가 지혜로운 걸 잘 알아. 많은 사람처럼 시간이 지나서, 나이 들어서 후회하고 그리워하고 그런 거 똑같이 안 할 걸로 알아. 그리고 네가 직접 경험하지 않아도 도움 되는 얘기를 들으면 잘 수용하는 것도 알아. 너는 "난 내가 본 것만 믿어!" 그런 불통 마인드 아니잖니? 그러니까 바로 지금, 이 순간이 가장 소중하다는 걸 놓치지 말고 살았으면 좋겠어. 엄마는 우리 인하가 정말 그러면 좋겠어. 그게 엄마 부탁이야."

1998년 가을이다. 1997년 말부터 이어진 외환 위기에 본격 대

응이 시작된 해. 수많은 기업이 도산하거나 구조조정을 겪고, 정리해고제 도입, 노동시장 유연화, 외국 자본 유치, 금융 구조조정 본격화 등 국가와 국민 모두 어려움을 겪고 있다.

거리엔 '명예퇴직', '구조조정'이라는 단어가 흔했고, 아버지가 하루아침에 백수가 되는 가정이 수없이 생겨났다. 국민은 외화를 갚기 위해 자발적으로 금을 헌납했다.

자그마치 227톤 이상의 금이 모였는데, "우리는 할 수 있다!"라는 국민적 연대감을 불러일으켰다. 사회 전체가 가난해졌지만, 그 속에서 사람들 사이의 정과 협력이 빛났다.

시간이라는 녀석은 가끔 너무 길고 또 가끔은 찰나처럼 느껴진다. 운경이 구치소에서 나왔다는 소식을 들었을 땐, 인하는 조용히 눈을 질끈 감았다. 어떤 말도, 어떤 감정도 쉽게 나오지 않았다.

운경은 과천으로 돌아왔다. 추억이 가득 묻어 있는 그곳으로. 작은 방 한 칸. 산기슭 꼭대기 동네, 사람들의 눈길이 닿지 않는 곳. 아침엔 공사장에서 막노동 일을 했고, 해가 지면 언덕 끝 야학으로 향했다.

배움에서 멀어졌던 아이들에게 글을 가르치며, 운경 자신도 조금씩 다시 일어섰다. 누구에게도 연락하지 않았다. 그저 조용히, 잊히듯 살아갔다. 그리고 어느 가을밤 어떤 이끌림처럼, 운경은 그 나무 밑으로 가야 하겠다고 생각했다.

가을밤. 산 아래 동네는 벌써 어둠에 잠겼지만, 산 중턱에 있는 교회 뒤편의 언덕은 아직 바람에 나뭇잎이 흔들리고 있다.

표현할 수 없는 어떤 마음에 이끌려 인하도 나무를 찾아오고 있다. 운경은 중학교 3학년 그 가을날처럼, 하늘색 남방셔츠에 청바지, 하얀 면 티셔츠를 받쳐 입고, 인하는 갈색 얇은 니트에 하얀 면 티셔츠, 청바지를 입었다. 운경은 바지 주머니에 양손을 넣고, 인하는 백 팩 양쪽 손잡이를 잡고 천천히 걸었다.

그 시절, 103동 아파트 정문 앞의 넉넉하게 큰 나무. 모든 것이 시작되었던 그 자리. 나무는 여전히 그 자리에 있다. 키가 더 자라고 굵어졌지만, 가지의 곡선과 잎사귀의 흔들림은 그때와 같다.

운경은 낡은 이어폰을 귀에 꽂고, 나무 아래 갈색 벤치에 앉았다. 강렬하지만 부드러운 물결과도 같은 노래, '뱅크'의 '가질 수 없는 너'를 들으니 울컥했다.

머리를 뒤로 젖히고 나뭇잎 사이로 보이는 달을 바라보았다. '이 나무는 그대로인데, 나는 참 많이 변했다.'. 허리를 숙여 흙을 만지니, 손에 맨살 그대로 느껴지는 흙과 나무뿌리의 감촉이 마음을 부드럽게 어루만지는 것 같다.

혹시…올까.

한숨인지, 바람인지 모를 숨을 내쉬며 운경은 천천히 일어났다. 그때 저 멀리, 가로등이 없는 길 아래 누군가 올라오는 실루엣이 보였다. 어깨까지 오는 머리카락이 바람에 날렸다.

작은 어깨, 익숙한 걸음. 운경의 심장이 쿵 떨어졌다. 점점 가까워지는 발소리. 그림자와 달빛 사이로 드디어 그녀의 얼굴이 보였다. 그 순간, 시간이 멈췄다. 둘은 몇 발짝 거리를 두고 멈춰 서서 서로를 바라봤다.

말이 없었다. 눈빛만 있었다. 그 많던 이야기는 다 잊혔는지 아니면 그것보다 더 간절한 침묵이 두 사람을 감싸고 있는지 인하가 미소 지었다.

"…왔네…"

운경도 웃었다. 그 웃음은 어색하면서도 서로를 여전히 기억하고 있다는 걸 말해주었다.

"기다렸어?" 인하가 물었다.

운경은 고개를 한번 끄덕이고 부드럽지만 힘주어 대답했다.

"그냥, 늘 기다렸어."

그 말 한마디에 그리움과 후회, 그리고 아직 남은 마음이 모두 담겨 있다. 바람이 불었다. 나뭇잎이 바람에 스르륵 날렸다. 다시, 가을이었다. 그리고 다시, 둘이었다.

인하와 운경은 나무가 줄지어 자리 잡은 그 길을 말없이 걸었다. 예전 그 가을밤처럼. 두 사람 사이에는 약간의 거리와 아주 작은 숨소리만이 있었다. 발끝이 부스럭, 낙엽을 스쳤다. 운경은 가만히 눈을 감고 바람을 느꼈다.

인하는 손을 움켜쥐었다가 놓았다. 그때처럼, 마음은 여전히 콩닥거렸다. 하늘에는 달이 떠 있는데 완벽하게 둥글었고, 바람은 싱그러웠다. 낮보다 맑은 공기 속에서 둘은 천천히 같은 속도로 걸었다.

이따금 서로의 옆모습을 훔쳐보다 고개를 숙였다. 아무 말 없이, 수줍은 미소를 지으면서. 모든 마음이 서로의 미소 안에 있었다. 처음 만난 날부터 그리워하고 있었다.

"인하야, 음악 들을래?"

"응."

운경은 주머니에서 이어폰을 꺼내 인하의 왼쪽 귀에 꽂아 주고 운경은 오른쪽 귀에 꽂았다. '푸른 하늘'의 '눈물 나는 날에는'이 두 사람 마음에 벅차게 흘렀다. '나에게…'로 시작하는 후렴구에서 운경의 눈에서 주체할 수 없는 눈물이 흘렀다.

인하가 왼쪽 손을 움직여서 운경의 손을 잡으려고 할 때 운경도 동시에 오른쪽 손을 움직였다. 운경은 멈칫하다가 활짝 웃고선 인하의 손을 꼭 잡았다.

'인하야, 너를 처음 만난 날부터 그리움이 시작되었어.'

'나도, 운경아.'

긴 시간의 그리움이 한자리에 모여, 달빛 아래 나란히 걸어갔다. 아늑한 공기에 실린 중학교 3학년 그날처럼. 그 가을 너와 걷던 길처럼…….

# 책을 덮으며

언제나처럼 계절은 또 돌아왔다.
달은 둥글었고, 바람은 싱그러웠다.
길 위에 나란히 걷는 두 그림자.
그 시절처럼, 말없이 같은 방향을 바라본다.

이름을 부르지 않아도,
손을 잡지 않아도,
그 가을,
서로의 곁에 있었다.

달이 뜨고, 바람이 불고, 그림자가 나란하다.

이름을 부르지 않아도,
손을 잡지 않아도
그 가을,
서로의 곁에 있었다.

그리고 마침내 그 가을밤처럼 선선한 바람 속에서 운경은,
그 나무 아래 다시 선다.
인하 역시, 오래도록 기억했던 그 길 위에서 걸어온다.
그 가을날처럼, 다시, 함께.

그 가을,
너와 걷던 길

**초판 1쇄 발행일** : 2026년 4월 10일

**글쓴이** : 홍기자
**펴낸이** : 홍수진

**펴낸곳** : 찜커뮤니케이션
**등록번호** 제 2015-000041호
**등록일자** 2015. 03. 03
**주소** 서울특별시 동대문구 장한로 18길31 201동 806호
**팩스** 0505-566-1588
**이메일** zzimmission@naver.com
**블로그** 찜커뮤니케이션
**인스타그램** @book7book

**표지 일러스트** : B & S Design
**본문 편집** : 백미숙

**값** : 17,600원
**ISBN** : 979-11-87622-28-4

# 그 가을, 너와 걷던 길

이름을 부르지 않아도,
손을 잡지 않아도,
그 가을,
서로의 곁에 있었다.